2022年西藏自治区文艺创作扶持项目

曹杰锋◎著

西藏人民出版社

曹杰锋

男，中国作家协会会员，现居拉萨。主要著作有《心灵的独白》《心河之舞》《行与思》《诗行高原》。作品散见于《诗刊》《作家网》《大公报》《草原》等。

目 录

前方：诗的邂逅

2022 年 7 月，鸟语花香的季节，我在林芝的旧书店里，淘到一本日本诗人石川啄木的书：《事物的味道，我尝得太早了》。此前对此人，一点也不了解，这次突然邂逅，也算是缘分吧。石川啄木生于 1886 年，日本明治时代诗人，他打破日本短歌传统定制，开创了日本短歌的新时代。读他的诗，有一种似曾相识的亲近感，这是我绝对没有想到的。于是便将这本诗集随身带着，有时间就拿出来看看，有触动就在上面涂涂画画，题材和内容基本上是跟着感觉走，久而久之，竟写了一百多首。

我有一千个理由

1

有缘百年恰相逢
你从一八八六走来
带着彼岸的风
我好像什么也没准备
生活的点点滴滴
汇到一起
就成了满杯的酒

你喜欢吗?
深夜的街上
有歌声响起

2

我认为自己是个幸福的人
醒来时是这么想的

在梦中也不曾改变
一条沙河里的小鲤鱼
竟然翻腾着
找到了碧波万顷

还有什么不知足的呢
在这金黄的午后
每一次出发，都那么宁静

3

可能你永远都不会理解
想在热浪中多走一会儿的心情
是什么心情
庆幸吗？逃离吗？
这世界总有一天
会让坚守
发出果子的香味儿

生生不息的高原之子哟

你们用生命守护的
又岂止是土地

（很多人并不知道，高原夏凉，连汗都难得出。每次在夏季返回内地，面对着热浪翻滚，总想在外面多走一会儿，多出一点儿汗。因为出汗的感觉，好爽，好熟悉。）

4

当所有的良知
已泯灭殆尽
真理的大海
也被浮躁的阳光
折磨得奄奄一息
我为什么不先行一步呢？

道不通，乘桴浮于海
我头顶的天空
水草异常孤傲

5

爱自己没错
爱别人
也没错
关键是这份爱
要清澈见底

我以爱的名义
向世界高呼
请不要断章取义

6

老屋不会老去
老屋的墙壁上
挂着祖父和祖母
最后的嘱托

年岁渐长

我好想再回老屋一趟
再听听那些
陈年老话

7

小清新的时代早已结束
现在我什么都不需要了
风想刮就刮
雨想下就下
剥开人生的每一粒种子
都不可能像蒲公英那样
四处去寻找家园

以后的事
就交给以后吧
此刻，我想坐下来
在风中，数数白发

8

哪怕是从悬崖上坠落
坠入幽深的海
然后醒了
或者是在进入水面之后
接着下沉
接着恐怖
也比守着晴朗的夜
一颗一颗地数星星
要好！

9

草丛中飞起一对野鸡
爷爷一鞭子抽过去
没抽着！
他不无遗憾地说
这玩意儿
越来越少了
我看着他
一脸的崇拜

10

突然间
想坐火车去旅行了
去哪旅行呢？
天南海北
日月西东
哪都可以
只要能走出现在

11

不爱起床是有原因的
昨夜雨疏风骤
现在能起吗？
窗帘厚重如铁
现在能起吗？
鸟声越来越嚣张
现在能起吗？

还有一个原因
就是感觉躲在梦里
要安全许多

12
我不怕阴天
我怕每一张熟悉的
生气的脸
所以我的后半生
要交给爱，交给自己
交给阳光，交给真实
其他冠冕堂皇的理由
少扯！

13
喜欢摆谱的人
退休以后的日子
可怎么过呀
谁来当你的陪练
你又给谁去表演

好在还有一种孤独
叫做自我欣赏

14
路旁的狗伸了一个懒腰
然后又打了一个
长长的哈欠
我好羡慕它哟
在它的鼻子下面
一切都有滋有味

15
伤害了别人
自己还体会不到
你说这世界
能讨人喜欢吗？
可怜之人
必有可恨之处
我恨，恨这世间
为什么不下一场大雪

16

名声呀名声
你是谁发明的
如果不能愉快地沟通
又何必日复一日地
四目相对
所谓的孝义
所谓的偕老
都是吃人的枷锁

17

万米高空之上
总想写点什么
这是灵感的催化吗?
要是自己的人生
也能不断向上
那就好了
最高的雪
总会落到地上

18

牛在吃草
云在飞翔
在这片草原上
我比任何一只百灵鸟
都心满意足

19

来这家旅馆的目的
就是想哭上一场
被褥已出嫁过多次
老板也换了几茬
只有墙角的阳光
还似曾相识

20

其实毛病不多
就是自恋而已

一辈子不服

一辈子看不惯

最后把一辈子

都折腾成了

别人的笑谈

21

母亲河

并没有养育过

我的母亲

所以我每次路过

都没有叫外公的冲动

对不起

我的寻亲之旅

还得继续

……

22

将来怎样

晚景如何
我看得到
也想得到
人生最大的悲哀
是知道了结局
还不愿承认

月亮落下去了
马尾扫过天空

23

从梦中惊醒
真是件恼人的事
假如自己正在飞翔
那摔下来咋办

先哲们告诉我的
是修身律己
而我最需要的
是鸡毛蒜皮

24

今日良辰
满城尽带黄金甲
西方一个老妖婆
要来捣乱
咋办?
杀，杀，杀
有人说我是神经病
可这么一折腾呀
还真精神多了

（今天是2022年8月1日，中国军人的节日，举国同庆。就在这个时候，美国众议长佩洛西炒作访台，无耻，恶毒。记此，为念。）

25

你曾经告诉过我的
我都记下了

我自己曾经历过的
想忘也忘不了
都说一叶一菩提
那一百根白发呢？

待我银丝覆满头
看哪路神仙
还敢大谈山高水长

26

人人的心里都有一尊神
人人的心里
也都住着一个囚徒
每当我想起这些矛盾的事
就感觉人间
不那么好玩了
还在呻吟的时代哟
能不能像个孩子似的
一下子高兴起来

27

我都在窗前站好一会了
还不见你来
一大群弱智的造谣者
正扛着“良知”
在朋友圈叫卖呢

你可以选择闭嘴
但你不能把茅坑
当成温暖的家

28

男人与寒冷
是可以相互转换的
不要总拿女人说事儿
实在忍不住
可以选择离开

秋天来了

我唯一的收获就是
在笔直的山路上
看到一匹马
追着夕阳在跑

29

你信吗
人间有些感觉
能穿透古今
千万不要拒绝
为悲哀而歌唱的人
前世做下的孽
注定会在今生
变成冷雨袭来
那又能怎样呢
山上的虎啸
依旧，凶猛

30

突然感觉自己
一下子圣洁了许多
内心空无一物
肉体轻如鸿毛
闭上眼睛
阳光便吻了上来

那份温柔
让我想起了凤凰
想起了翅膀和火焰

（2022年8月，在某地做胃肠镜检查，为了清理肠道，连喝4杯750毫升的水，里面还兑上泻药。这种折腾是很难受的，不能吃饭，胃肠里空无一物，躺在床上，身体轻飘飘的，得此诗。）

31

父亲悲悯的情怀

母亲温暖的怀抱
这是让人多么向往的
时光呀
那些幸福的孩子是谁？
我站在天际之外
静静地看着
眼里
满是泪水

32

月未央
经声逆流而上
我想捉几句听听
水花四溅
祥云压顶
一朵巨大的莲花
腾空而起
今夜不是昨夜
万顷水波之下
鱼跃，人欢

33

被人利用的感觉
就是:
鼻子上多了几个孔
绳子以及绳子
都在按自己的意愿
发力，发力
这叫强人所难!
他娘的
我欠你们的吗?

34

不飞翔就得死去
难怪遗鸥的翅膀
熟知万里河山
湖心岛固然温暖
但过了这个季节
它将与大地冻成一体

活着就是幸运
人类和鸟类
都在跋涉的路上

35

我好像有点毛病了
竟喜欢看疯狗的表演
你一口，我一口
彼此的毛
都能得道成仙
最后它们都累了
躺在地上的
是文明这个话题

（一个作家群，都自称是文化人，文化人与文化人，先是探讨文明，后来就问候祖宗三代，再后来便乱成一锅粥。哎，不想说啥了，他们不是真正的文人。）

36

金顶之上
还会有金顶吗?
我没有探过
但我相信天空
博大得能够
拥抱众多先贤
包括金顶下面的
万千智慧

37

从来没有想过
睡眠于我
竟成了珍惜之物
不是很爱做梦吗
是呀
可能根源
就是因为梦
做得太多了

38

能在人前说的
都不怎么真实
我这话说得狠吗?
树上的叶子
全在哗哗鼓掌
默默走过去的
都是智者

听，鸟儿们笑了
用清脆的叫声

39

风拍杨树的声音
好熟悉呀
它像一股洪流
漫灌了我的童年

天气逐渐变冷
大雪即将封山
我心爱的小黄狗
也要开始巡逻了

40

问过自己没有
到底哪些东西
才是自己最想要的

据说喜欢的才有生命力
我喜欢把垃圾人
按进水里

可水却说
饶了我吧
这味道太重

41

百花洲上
百花盛开
蜂王的千军万马
带着种子
开始来回播种

我站在石头铺就的
小路上
等着甜蜜的祝福
从天而降

42

故乡的秋天
能收获很多
比如小路
比如蛙鸣
比如雨后的
新鲜故事
哦，太久远了

那些青铜般的
岁月，和人

43

金子般的乡愁
照在心上
可我却不敢频频拥抱
有些关系太锋利
要是遇上了
没准一下
就会渗出血来

44

那匹高头大马
想上天还是想去吃草
离开的时间久了
听说最近长了很大本事
嗯，花岗岩做成的梦想
就是坚硬

我在千里之外
都听到了你的嘶鸣

（诗友刘不伟，在朋友圈发一图片，内蒙古老博物馆在阳光的照射下，闪着古朴厚重的光。楼顶有一奔马雕塑，头南尾北、昂首欲飞，女儿说这个老建筑有感觉。）

45

猫睁开眼睛
整个世界
都在十字靶标之内

我走遍万水千山
走到最后
也没能走出你的磁场

人不要与命争
天下大事
都旋转着前行

46

遥望故乡的天空
心情比乌云
还要密布
那些关于八月的传说
是否与桂花
一起埋入了泥土
我想挖出来看看
那些香气
长大了没有

47

山不在高
有仙则名
水不在深
有龙则灵
我对面的山
住着神仙吗?

我脚下的河
有龙出没吗?
如果没有
那我为什么
还盯着不放呢?

（我在拉萨的办公室对面，有几座山，山下流过的，是拉萨河。闲来无事，我能一言不发地，看半个小时。至于原因，我说不清楚，只是喜欢而已。）

48

雨落下来
少女似的
轻轻走过
我想起了眼泪
想起了草原上
彩虹般升起的
红裙子

49

每当我想起退休后的事
树叶便纷纷飘落
曲曲折折的来路
朦朦胧胧的驿所
能有多少回忆
是金黄色的呢

哎，若无风起
我们永远都是
那只静卧的蝉

50

那条锈迹斑斑的大船
像不像我祖父
临终前的嘱托
灯光已经熄灭
旗语低下头来
只有无尽的海浪

还在轻轻地
拍打着它

51

秋天还是来了
斜靠在墙角的金银花
与几块不知名的大石头
聊起了酒的味道

好惬意的午后时光哟
少年时的宏愿
走着走着，就变成了
无比凝重的羽毛

52

九月将至
隔岸的松涛
正逐渐长大
这是第几个年头了？

来到高原之后
四季已变成了
我的五胞胎兄弟

53

不要跟我提森林深处
沙沙作响的声音
不是风
不是猴子
不是历史在前进

是大师们举着火把
在寻找早就遗失的
光明

54

海边的蔷薇
我没有见过
林芝的蔷薇

我闻过多少遍
那若即若离的香味儿
让人想搭个帐篷
马上住下来
hello，春天
有同行的吗？

55

一个不把祖国的命运
当命运的人
迟早有一天
会被废墟吞没
覆巢之下
安有完卵
阳光转过身去
把最纯洁的爱
抱了起来

56

有些人
能够遇见
就已经心满意足了
没必要在有限的人生里
为了些鸡毛蒜皮的事
消耗大把的时光

57

杨树上的油
掉了下来
像母亲的乳汁
在滋润大地

人在长大，路在延伸
我们这些云游在外的人
看见什么
都容易感动

58

觉得孤独你就唱吧
人世间没有一种活法儿
是高傲或卑微的
草原人始终相信
凡是酒能解决的问题
都不是什么大事儿

来，干杯
为了千年以后的
痛苦与迷茫

59

雨在下，窗户在哭
穿过凌晨的汽笛声
是谁人的思念?
是何时的伤痕?

夜色不会忘记
一颗洋槐
在闪电隐去之后
站了起来

60

今天的云层比较厚
太阳被挡在了山那边
这是好事还是坏事呢?
在远离阳光的地方
静静地想一想
一些难解难分的话题
也就释然了

61

抖抖肩上的雪花
让温暖
传遍身体的每一个角落
酒已温好

炉火正旺
今夜所有的木头
都是为了
久别重逢

62

看谁都不舒服
看什么都不顺眼
某些写诗的人呀
就算是神仙来了
也要吵上一架

这有意思吗?
我想问上一句
愤怒与抱怨
到底哪个
才是有灵魂的

63

秋风的第一批幼崽
都成活得很好
我远远地看着
能感觉到寒意
在慢慢地袭来

世间的万物
万物的世间
循环往复着
在证明一个道理
人要崇拜自然

64

呼和浩特离我有多远?
其实也没多远
就是以它为圆心
一个需要接着一个需要
我又多了四个故乡

那第五个故乡在哪里？
我提醒自己
无论在哪片天空
都要老老实实地
做一颗星辰

（我曾先后在通辽、呼和浩特、鄂尔多斯、赤峰、拉萨等城市工作过，其中时间最长的是呼和浩特。）

65

林立的墓碑如刀
冷冷地
在窗外站成数排

一只黑白分明的猫
趴在屋檐下
不肯下来

人间的事
都是大事
因为你在看着

66

粮食、战争、道义
是我应该关心的吗?
即使我不关心
鸟儿也会飞过蓝天
花朵也会吐出芬芳
迷雾中上下翻滚的世界
让我爱
也让我恨

67

三千五百多年的沼泽
在傍晚的怀抱中
闪着厚重的光
我想撑一支长篙

到对岸去
大片大片的棉田
开满先祖的笑脸

风小心翼翼地告诉我
所见，即所得
明年，还会一样的惊艳

68

救护车急匆匆地
拐过弯去
她的生命
却未必能够拉长
人世间的种种可能
就像一片落叶
谁知道在什么时候
砸到谁的头上

69

如果从上帝的视角去看
我们这颗星球
就是一个大核桃
人类宛如蝼蚁
国别轻似鸿毛

至于你们放不下的
那些爱恨情仇
还有必要提吗?

70

蚊子转过身来
用嗡嗡声向我表达问候
我一个巴掌拍过去
它变成了花朵
我看见自己的血
冲我笑了一下

灯光再次熄灭
鼾声可以飞翔了吧

71

如果用青铜色的眼神
去扫描古今
那会发现什么呢?
花朵已长出皱纹
古道已被杂草抱紧
不用解释
我在它们的脚下
就是一粒微尘

72

这块石头的梦想
是把路过的所有目光
都吸附在自己身上

这怎么可能呢

一些鲜红雪白的故事
已经有了故乡

73

一个傻X抛出一个谎言
来个傻X开始义愤填膺
又一个傻X说这是假的
又来个傻X拼命自证清白
三天不打
上房揭瓦
这妖风出没的破屋哟
需要一把剑
来镇一镇

74

每个人的心中
都有座小型核电站
心若向阳
就源源不断地输出电力

心若暗黑
辐射的阴影会越拉越长

静静地修养自身吧
世界给我们的机会
并不是很多

75

不知道从什么时候开始
学会了假装
假装开心
假装感动
假装什么都懂
还假装在百年之后
被人思念

这悲哀的黄昏哟
真看不到尽头

76

飘在远方的云
一会儿向左
一会儿向右
像个调皮的孩子
难怪天空总是认为
群山的怀抱才更可信

太阳就要落山了
我探出窗外的眼神
能否像鱼儿那样
自由自在地游上一会儿

77

每一个精致的早晨
我都能听到百灵鸟
在树尖上歌唱
那带有救赎性质的声音
为什么今天

还没有到来

世间从不缺美
缺的是鸟儿
投来的会心一笑

78

门牌已经下岗
沉积在脑海深处的
是声声古老的吆喝
童年就像一杯酒
饮过，就放不下
所以直到今天
我还认为最好吃的
是油炸豆腐
最好看的花
是紫丁香

79

控制不好自己的情绪
就等于让魔鬼
到街上去闲逛
谁看见了
都会把门关上

可能你会反驳
我就是我
不喜勿扰
嗯嗯，我明白了
大街上已空空荡荡

80

其实我也不想发火
人在江湖
难免会遇到几个
不长眼睛的另类
在栅栏被撞破之后

我可以忍
但高悬的剑
不想忍了

81
九月
我拿什么献给你
收获的季节
稻种颗粒饱满

起风了
鹰开始巡游大地
一片金黄的胎记
被号子声连根拔起

82
让夜晚变成白天吧
白天我的睡眠
可以轻车熟路

这该死的长夜
有本事你把一万匹马
也调戏一番

83

寒冷寂寞的小站
往往隐藏着
巨大的悲欢

不信你可以去问火车
那古老而破旧的绿色哟
比青苔的呼吸还浓

84

如果八月潮涌
就会把所有的烦恼
全部淹没
那利来利往的人间
是不是一下子

安静了许多

期待着风平浪静的美好
我在九月
等着你

85

随口喷出的雾气
在对面山上
集结成了雪

我不怕寒意袭来
只要心中有炉火
我可以面对任何改变

86

心中无喜
人生无求
在这薄雾统治的清晨

一只慢飞的鸟
用翅膀
稳住了迷茫

不是所有的走过
都想留下声音
比如此刻
比如人过中年

87

就这样静静地
与窗外的秋风
对视一会儿
也好

阳光洒在叶子上
她就要变黄了
就像一位少女
已穿上了嫁妆

88

1910 年 10 月
公园的午后
一个中国人
看着天空

他垂下的紫袖子
和未曾书写的面容
是想救苦难的祖国
出水火吗？

89

能不能给我一种
触到了
婴儿皮肤般的感觉
整天坑坑洼洼
丢了魂儿似的
你累，我也累

抓紧滚吧
那些泥浆里的思想

玻璃破碎的声音
与浪漫没有关系

90

忍不住要夸一下自己
温暖的羊绒外套里
汽笛声拉着九月
大步向深秋走去
不要说背上的包有点小
那里面
可装着日月如梭

古城的屋檐大声发问
过去的风光还好吗?
长街、老巷、星辰
没有哪个

是我不熟悉的

91

桂花落了
悄无声息
我希望这个时候
千万不要下雨
否则这满城的香
要到哪去
去寻找相爱的人

92

哪有什么救世主
在人生的暗黑时刻
只有自己
能把自己拉出来
回望半生的曲曲折折
我唯一值得骄傲的
就是没有放任自己

格局是胸膛之父
胸膛是暮色之源

93

有人觉得她太刺眼
有人觉得她很温暖
还有人在内心深处
对她进行诅咒

别总指望改变别人
大千世界，无奇不有
作为众生仰望的太阳
守护好自己的光好了

94

钟声响了
牧人的笑容
与我的笑容

完美地撞到了一起

牧人的明天是野花盛开
我的明天呢？
汽笛声带着微晒
不紧不慢地催促着

95

谁也别嫌弃谁
我们都是这个午夜的
雨滴和孩子
午夜里出生
午夜里长大
午夜里穿过窗棂
……
来吧，爱吧
这温暖人间的力量
我想拥抱你
就像拥抱一次涨潮

96

活在这个世界已经很荒谬了

比这还荒谬的是

你竟然要把孩子带到这个世界

更为荒谬的是

大家都认为

孩子们会拥有

比我们更好的世界

读着读着

我感觉后背上

压了一座山

97

对那些比墓穴还深的

造谣与谩骂

我们不要心软

人类有责任

把没有底线的“正义”
送回它的老家

胜利者是不受指责的
胜利之后，还要
把垃圾清除干净

98

一个人的最大悲哀
是已四面楚歌了
还以为手中的剑
能号令四方
虞兮虞兮奈若何
为什么非要来到垓下
才想起唱歌呢

99

连睡醒都懒得睁眼了
这漫长的岁月
这糟糕的心情

让恐怖的形式主义
随风远去吧
你们心底的茫然
一草一木
都是罪有应得

100
秋风与大地的每一次相遇
都会让叶子成熟许多
在金色慢慢退潮的时候
我以疲惫的名义
告诉山川与河流
有些虚伪的眼神
不值得相信

这次考验，不
这次洪水流过
我们看到了
很多烂石头

101

朋友说他已到了江西
我说能不能把庐山
借我用上一晚
再大的风雨都会过去
在人生的迷茫时刻
摸一摸它的脊背
可以增添力量

成功的道路并不拥挤
坚持吧，能走到最后的
没有几个人

（2022 年 10 月，友人到江西任职，因要求马上到位，送行都来不及，只电话聊了一会儿。记于此，祝其顺。）

102

扯淡与扯蛋
是你们的拿手好戏

祝高高在上的日子
幸福，且久长
可老百姓的喜怒哀乐
你们见识过吗？
他们一旦被惹翻了
就是四海翻腾

103

无论走出多远
我都不会忘记
奶奶颤颤巍巍地
站在门口
目光里
满是春天的期待

燕子们都已归巢
您的孩子们
也都长出了翅膀

104

疫情这只魔爪
把很多农民工
都困在了家里
家里没酒
家里没粮
家里只有
慢慢爬进来的
寒冷
……

105

损人利己是一种顽症
需要烈火和冰雹
轮番治疗
你说你难受得
快要死了

好的，快死吧

其实在很多人的心中
你早已死了

106
当一万匹马呼啸而过
你的心中
只荡起片片涟漪
生命的本质
就是渐行渐远
经历得多了
才明白最后的盼望
将归于一滴水

107
躺下去睡不着的习惯
我有
傻傻地求教天空的习惯
我有
慢慢地与庸俗握手言和

不再坚持美丽的梦想
我也有

这些百无一用的书生们呀
要到哪去，寻找归宿呢

108

攀得有多高
并不是生命的终极意义
比这更有价值的
是不断地超越自己
从喜马拉雅的南坡回望
晨晖如血的空中
写满了各种敬畏

109

一个伟大的对手
能让自己
在摸爬滚打中

慢慢地强大起来
中华民族的明天
也要感谢这些
大大小小的挑战

110

饥饿的猛虎看什么
都像自己的猎物
失控的疫情在哪里
都张着血盆大口

想哭又不敢哭的孩子们呀
等着吧，积了三个月的
烦躁和愤怒
就要开始泄洪了

111

世上本没有铁饭碗
盼望的人多了

也就发出了金属的声音
能让你吃一辈子饭的地方
你敢去吗？

改变，才是真正的美
在一眼就能看到尽头的路上
你需要不再忍受

112

窗外已不是风景
窗外正演绎着
生与死
休眠的酒店
忙碌的鸟窝
此刻，我希望人类
给幼鸟一个机会

飞翔并不是梦想
宽容代表着归宿

（拉萨，江苏东路，有一酒店名为碧都雅，不知何故正在歇业。2022 年 6 月 16 日傍晚走过，见其破损塑料牌匾上的“T”字里，有一窝幼鸟在叫，愿它们能顺利长大。）

113

当粉红色的河山
从地平线上升起
连上帝都感动得
热泪盈眶了
我还有什么理由
不对这美
肃然起敬呢？
谢谢大海深处
谢谢不知疲倦的风

114

立冬
被窝依旧温暖

我不想起来
让一无所求的人们
随着生活的惯性
慢慢滑行吧
这个冬天
希望暴风雪晚点到来

115

再寒冷的冬天
都有醒来的时候
我躺在床上
等着胸口的痛
冰凌般散开

如果在此刻
有芳香不断涌出
那可能是因为
春天来了

116

周一，无雨
公交车开得很慢
我边听音乐边刷朋友圈
三瓣橘子和一杯奶茶的故事
温暖着人间

立冬，你好
从明天开始
我就可以冬眠了

117

烟，或雨
都觉得陌生
我又来到了咸阳
大唐的万千荣耀
都与我无关
此刻空气中弥漫着的
是口罩的余温

爱吧：雪山之火

曾经有很多人对我讲，写一写高原吧。我的回答只有两个字：不敢。在高原上待得越久，就越感觉人类，其实很渺小。雪山和大河是用来仰望的，千万年的日月星辰，哪怕眨一下眼睛，都会燃起熊熊大火。每当夜幕降临时，我都会提醒自己，千万不要忘了，你就是这片云霞的，一个瞬间。高原如虎，星辰似海，我用一万个虔诚大声呼喊：雪山，火焰，你们亮起来吧！

路口

1

走，或者不走
红绿灯说了算
爱，或者不爱
内心说了算
天晴，或者天阴
远古的风说了算

哪有什么岁月如歌
人类，要学会在冬天里
善待每一个路口

2

诗能带来什么？
在路口的漫长等待中
我明白了

有些突然降临的感悟
就像风

一大群转经人
从眼前走过
他们扬起的右手
让整个天空
都动了起来

3

卸下心中的泥土
让宽容
慢慢地流淌

我相信
即将迎来的这个黎明
能装得下春天

阳光不会迟到

就像青草，迟早都会发芽
不信，你可以去问路口

2023 年 1 月 21 日

这首《路口》是以前写的，但我不记得是哪天了，只能标注为今天。一次在路口等红灯，天阴沉着脸，欲雪的感觉，让人不想说话。看着来来往往的人们，心中若有所思，便在本子上写了几句。忆往昔，人生中走过的所有路口，若都能像今天这样，留下点什么，我也便成了富翁。可惜的是，路口常有，诗心不常有。

壬寅除夕

风在沉思
兔子在奔跑
在夜幕的加持下
高原上的一切
都显得高深莫测

作为一颗守岁的星
有人说我有点老
谢谢，在除夕之夜
我会努力把祝福
打扮得年轻一些

2023 年 1 月 21 日

好像每年除夕，我都想写点东西，这是我小时候日夜都盼望的一个好日子。如今年龄大了，来与不来，感觉并不明显，有时还因为虚情假意太多，心生一点烦。今夜零点一过，就是癸卯兔年了，时间过得真快，我好像还没有准备好，跨越五十赛道上的又一个栏杆。这是我在高原上过的第二个除夕，愿灵动的兔子，能够带来好运。

送别，2022

1

大疫不过三
我相信即将到来的这个春天
会把失去的一切
都还给我们

在哪里跌倒就在哪里爬起
人类需要这种勇气

2

坚持就是胜利
当你突然想放弃的时候
可以再忍一忍
没准儿窗口期就出现了

有些救赎性质的光
照进来就势不可挡

3

年轮不可辜负
博尔赫斯手捧鲜红的玫瑰
说：时间使我们都衰老了
可我们却没有察觉

当所有的疑问都归于沉寂
世界也就有了动力

4

长夜终将过去
虽然雷声还没有响起
但我心中的那场大雨
已经提前降临

不要纠结于什么得与失了
未来会说明一切

5

风景都在路上
当汗水与潮水不期而遇
我们唯一能做的
就是出发

在星光的深情注视下
冰川会慢慢站起

6

如果把时光竖起来
2022年的每一次改变
都会变成光束
为我照亮前程

若尔盖的终极梦想
是翅膀比花儿还浓密

2022年12月31日

2022年的最后一天，是在思考与回忆中度过的。这一年，对每个人而言，都过得不容易；这三年，风里来雨里去，都经历得太多。是疫情改变了我们，还是我们读懂了世界，好像答案并不清晰。

如果非要找几个年度关键词，我的选择是：相信、坚持、理解，无论经历过什么，也无论将面临什么，生命都会越来越通透，阳光都会越来越温暖，这个世界和这个时代，值得我们去爱。

想起前几天看过的一本书《追风筝的人》，美国作家卡勒德·胡塞尼写的，我在结尾处写下这样一段话：要把故事，放到历史中去讲，不要把历史，放到故事中去讲。每个人的头顶都有一片蓝天，每个人的心中都有一只风筝。无论它意味着什么，我们都要勇敢地，去仰望、去追……

岁末年初，尤其是大疫肆虐之后，好像这几句话，很能代表我的心境。再见2022，你好2023，愿我们每个人，都是崭新的自己。旧事归于尽，新年花更好。

期待着美好降临

这几天拉萨有点冷
冷得连冬季
都不认识自己了

一群绿鹦鹉张开翅膀
想把布达拉宫
占为己有

夕阳从来没有这样温柔过
红的墙，白的墙
依偎着在雪山下闲聊

据说今夜月满
花儿们将竞相开放
我们都期待着美好降临

2022 年 11 月 6 日

封控的时间久了，最大之愿望就是出去走走，吃一顿正宗的成都火锅（带鸭肠的那种）。可见自由自在的生活，对人类来说有多么重要，大家千万要珍惜哟。前不久朋友拍了几张绿鹦鹉入侵布达拉的照片，女儿很奇怪地问我：为啥叫入侵？挺好看的啊！我说这帮家伙是水果大盗，而且记忆力超好，吃过一次下次还来，来了就一扫而光。不过它们的颜值，还是可圈可点的，绿色的羽毛、红色的嘴巴、响亮的叫声，在雪山的映照下，更是别有一番风味。

我百度了一下，它们的学名叫绯胸鹦鹉，是鹦鹉科鹦鹉属的一种中型鸟类。树栖，善攀缘，嘴脚并用，沿直线飞行，喜鸣叫，声音响亮、粗厉，经训练能仿人言。分布于中南半岛各国到马来西亚中部，我国分布点主要在广西、广东及海南岛。拉萨为什么有？我说不清楚，朋友讲可能来自于林芝的波密、察隅、墨脱一带，那里的海拔较低，印度洋水汽丰厚，可以滋养它们。

疫情持续之下，美好还没有到，绿鹦鹉先到了，欢迎你们，远方的鸟友，我这尚存半箱苹果，想吃，就拿去吧。

玛纳斯鲁的诱惑

我真想当一匹
雪山下的马
通体洁白
目光沉静
四周有鲜花盛开
……

如果说
还有什么
比这更让我魂牵梦绕
那一定是孩子们
苹果般的笑脸
……

瀑布倾泻而下
歌声拔地而起

玛纳斯鲁的诱惑
像翅膀一样
在我的心底飞翔

2022 年 10 月 30 日

没有一座 8000 米以上的山峰是容易的！

当我们被疫情锁在家中的时候，一位友人正在挑战玛纳斯鲁大环线。玛纳斯鲁峰海拔 8163 米，是喜马拉雅的第八个幼崽，位于尼泊尔境内，号称世界第八高峰。围绕她的大环线，飞机＋牦牛＋徒步，据说感觉举世无双。

我并不羡慕友人一路收获的美好，那样的极限行走，以我的身体素质，再炼 20 年也不敢去尝试。我羡慕的是他的想走就走，人生并不是很长，能多做一些自己喜欢的事，感觉肯定与众不同。他的探险还没有结束，希望在翻越最高处的时候，能带上我的诗与祝福。

如果山峰不能随随便便征服，那就学会俯下身子思考吧。这个深秋的普普通通的早晨，让我们看到很多，也明白很多。

白唇鹿来了

除了谢谢
我还能说什么呢
你让我在这个深秋
看到了金黄色拥抱的
宁静与沉重
或许多年以后
我们已彼此相忘
但平静的河水
会记住所有的坚守
这个秋天
真是太不容易了
只一次偶然的造访
就能让人喜出望外

白唇鹿来了，一共四只
它们什么也没干

就是大摇大摆地
游过了拉萨河

2022 年 10 月 19 日

先介绍一下白唇鹿：我国特有之鹿种，是一种典型的高寒动物，栖息地在海拔 3500–5100 米之间，主要分布在青藏高原及其边缘地带的高山草原地区，为国家一级保护动物。

再介绍一下写作背景：近日，在拉萨市滨河路附近，几只野生白唇鹿结伴来到拉萨河边，觅食、散步、嬉戏……甚至跳入水中自由自在地游泳。一旁的水鸟也扑腾着翅膀，好像在欢迎贵客的到来。

也说说拉萨的疫情防控吧，这关乎老百姓的心情和信任，经过两个多月的奋战，向好之趋势是必然的。但正常的生产生活秩序，也就是我们常说的烟火人间，却没有完全恢复过来，这种负面影响是巨大的。

其实大家都在盼望，盼望着疫情早日过去，但光盼望是没有用的，最终的胜利需要科学而专业、务实而严密、有力而有序的防控措施，病毒不会跟你讲感情，或者因为偏远放你一马，哪个环节出问题都不行，千里之堤有时就毁于半个疏忽。

为了大家的共同心愿，我们一起努力吧，但愿这个梦圆的时间，不会拖得太久太远。几只白唇鹿的到来，就把人们的眼球给吸引过去了，其实这种现象并不正常。世界那么大，好看好玩的东西多着呢，赶快加把劲儿，让老百姓出去走走。

大河

壬寅，秋
一个金光流淌的日子
我们虔诚地在山前列阵
接受千万人的检阅
此刻，蓝天和大地不会孤独

十年，嗯
能做很多事
也能荒废很多光阴
好在我们的大河里
除了星垂，就是月涌

期望，对
期望十年后的今天
我能成为你船头
最依依不舍的那个水手

苍老的桨声里，挂着自豪

你的灵魂就是我的灵魂
你的欢笑就是我的欢笑
你的悲伤或耻辱
将在我湿润的眼角
永远活着

2022 年 10 月 2 日

今天，国庆长假第二天，我们伟大的祖国刚刚过完 73 岁生日，祝福她像初升的太阳那样，生机勃勃，活力无限。这也算是一个迟到的祝福吧，昨天太忙，连几句祝福的话都没写。

上午，参加了“西藏这十年”系列新闻发布会税务专场，亲身感受了西藏税务十年来的发展变化。十年辛苦不寻常！应该向每一位参与者、奉献者、支持者表示深深的敬意。

西藏税务这硕果累累的十年，我参与了五年多一点，很多具有节点性质的工作，至今都无法忘怀。电子税务局、机构改革、减税降费、金税四期、巡视检查、疫情防控……

没有哪一滴汗水是多余的，没有哪一串脚印不值得尊重。

记得有一位领导说过：一个人、一辈子、一件事，心无旁骛、脚踏实地、认认真真地去做，就没有做不好的可能。我已年过半百，正常的话不可能改行了，税务是我一生的职业，也是我一生的爱。

今天我们回顾十年税收之路，有很多成绩是前人做成的，十年后别人回顾我们，我们有拿得出手的业绩吗？这是一个值得吾辈深思的重要问题。在其位，谋其政，尽其责，承其重。尽心尽力地干活吧，耕耘不一定有收获，但春不种，何来秋收。

末日城堡

只有畅行无阻的蓝天
才是蓝天
只有茶香飘起的午后
才是午后
只有夕阳拥抱过的草原
才是草原
……
自从秋天被无奈地折起
我就一直在想
那些孤苦伶仃的叶子
会不会被寒潮
一口吞进嘴里
这年月
什么事都有可能发生

对美丽而虚伪的眼神来说

末日城堡已经长大

此刻，我只想听听

海鸟与风，在说些什么

2022 年 9 月 28 日

这个拉萨壬寅年的秋天，注定会被写进历史，因为新冠肺炎疫情的影响，我和很多人一样，成了大门不出二门不迈的大小姐。没事儿的时候，我就坐在办公室的窗户下，泡上一杯茶，看天上的白云，想内蒙古的草原，听乌克兰危机的新闻，神游八极，海阔天空，倒也自由自在。

壬寅中秋

1

今晚的月亮
不是月亮
是巨大的勇气
从地平线上升起
千百年来
这种沉稳和优雅
把一个民族的心
给净化了
有人说弦乐即将登场
是呀，思念那么重
雨雪不会独行

2

好像有生以来
第一次看见月亮

是大病初愈的样子
城市的街道空空如也
但每一扇窗子
都开着
他们在等待歌声
从天而降
人有悲欢离合
月有阴晴圆缺
我们，愿意重逢

3

莫名地
想起了金雕和群山
英雄自有用武之地
风暴潮或许强大
但在翅膀的雄心下面
没有哪个年代
会被白白荒废
月光呀

给我一杯银色的祝福吧
今夜江水不绝

4

这铺天盖地的爱恨
与月亮有什么关系呢
它在遥远的夜空
好像什么都知道
又好像什么都不知道
人间有些感觉
总是强月亮所难
如果任琴声涌进长街古巷
一统江湖的机会
绝不是今夜

5

据说今晚
云层要在天空与大地之间
接受检阅

军旗猎猎
月亮是不会缺席的
在阳光还恋恋不舍的时候
我要告诉你
月圆与月缺
都是因为人类
误会了家乡

2022年9月10日

今天是农历八月十五，传统的中秋佳节，在民间很受重视。今天是教师节，人类灵魂的工程师们，与蓝月亮不期而遇。

他们都是世间最美的存在，祝大家中秋快乐！祝老师们双喜临门！其实我最想说的，是祝大家永远年轻，永远仰望夜空，永远星辰大海，月亮与你们同在。

此时此刻，我还想特别提一下，因为西藏的疫情防控措施没有结束，很多可亲可爱可敬的同事们，还在各自的工作岗位上照常坚守，没法回家和亲人团聚。

他们的床和他们的办公桌挤在一起，他们的中秋节也是加班日，他们手中的月饼含有消毒水味儿，他们的手机屏幕就是团聚，他们的心和祖国的心一起跳动……

感谢你们，我的兄弟姐妹，明天的美好生活，不会忘记每一位奉献者。

九月三日风雨交加

——兼思陆游

夜阑卧听风吹雨
铁马冰河入梦来
听着，听着
我的心涨潮了

跨越千年的忠勇
怎么摧残都不会倒下
苍老的诗人之心哟
对得起这风雨交加

喜欢这思绪奔腾的感觉
大河之上，剑戟森森
谁的家园都是家园
谁的悲伤都是悲伤

2022 年 9 月 3 日

昨夜，确切地讲应该是9月2日夜，过了零点，也就成了3日。最近一直休息不大好，躺在床上昏昏沉沉地，突然雷声滚滚、大雨如注。这还睡啥呀，我起身把台灯拧亮，就像拧开一瓶陈年老酒。公元1192年11月4日夜，陆游在老家山阴遇到的风雨也是这般猛烈吗？他是一个深沉悲壮的诗人，我敬佩他，敬佩他在暗夜里，留给后世的拳拳之心。

在9月3日怀念陆游，还有一个美丽的巧合，即“9·3”乃中国抗战胜利纪念日。1945年9月3日，毛泽东在《新华日报》上题词：“庆祝抗日胜利，中华民族解放万岁”。我无意将两位诗人刻意拉到一起，但他们确实都写过一首《卜算子·咏梅》，毛泽东是反用陆游同调同题而作。

伟大的中华民族经历了太多的苦难沧桑，她的确到了该复兴的时候。只要我们同心协力，把稳舵，不折腾，不犹豫，“零落成泥碾作尘，只有香如故”的悲壮，一定会被“待到山花烂漫时，她在丛中笑”的自信所替代。

天空之鸟

张开双翼
加速飞向人间
纷纷掉落的
是神的惊叹

雨雪不会相信
朗朗乾坤之下
是鸟儿，以及飞翔
点亮了爱与辽阔

没有力压千钧的勇气
就不要轻易说
这世界
是我的

2022 年 8 月 28 日

疫情中的圣城拉萨，天气却格外地好，蓝天白云，美景如画。我坐在向南的窗前，一只鸟儿飞过，那自信的身姿，堪比历史大腕。一只鸟与一场疫情有什么必然联系吗？肯定没有，鸟儿是自由的，人类也向往自由。我只是希望，这恼人的疫情赶紧过去，还大家一个正常的工作与生活。

致小泽征尔

当音乐注进血液
你就沸腾了
再遥远的电闪雷鸣
都能收纳于指尖

宇宙并不遥远
指挥台上月光似水
虽然只有两步台阶
可你却走了一生

自信犹如青草
更行更远还生
被病魔切断的好时光
据说，又睁开了眼睛

2022 年 8 月 26 日

小泽征尔是世界著名的交响乐指挥家，我对他的了解并不多，印象最深的是他在罹患阿尔兹海默症后，与印度籍著名指挥家祖宾·梅塔共同指挥维也纳爱乐乐团演奏《雷鸣电闪波尔卡》，虽然他的大脑和手臂都已经出了问题，但潜意识里的那份娴熟和热爱，还是让人感慨万分，建议大家看看这场演出。

杜金之女

枪口，并没有抬高半寸
某些罪恶的图谋
把眼睛，对准了午夜
一团火光升起
莫斯科州的那个凌晨
良知被撕得粉碎

无论什么理由
对一个手无寸铁的平民下手
都是不可饶恕的
天下是天下人的天下
她本该太平美好
是谁？把恶魔的头罩摘了

战火不会就此熄灭
冤冤相报的想法

还是不要继续了
一个悲剧推着另一个悲剧
最后的结局只能是
山河与人间变暗

2022年8月25日

当地时间21日凌晨，俄罗斯莫斯科州发生一起汽车爆炸，俄知名社会学家亚历山大·杜金的女儿达莉娅·杜金娜在爆炸中身亡。这是一起恐怖谋杀案件，俄罗斯指责乌克兰，乌克兰指责俄罗斯，关于他们之间的恩恩怨怨，我不想置评。但无论什么理由，由什么人策划，恐怖、谋杀、殃及无辜，都是不可饶恕的。

一年后

堵别人的路
最后困死的
可能是自己

手捧金黄的稻谷
我深知，必须万无一失
因为一失，便万无

集中精力办好自己的事！
重要的话，没必要重复
我敬佩这最高的清醒

青年人的心
应该是清澈的
否则，这世界就会浑浊

天下桃花似嘎啦
每当我想起那些温暖的话
人间，便到了四月

八廓是一只宽厚的手掌
1300 多年的纹线
每弹--下，都有乐声响起

向前走，走自己的路
为什么不大声喊出来呢
解放碑巍然屹立

铁马冰河入梦来
每次撕开高原的夜
都有豪情，汹涌而出

冰天雪地上写下的
可以是泰山，也可以是鸿毛
新的时代，吾辈当自强

2022 年 7 月 21 日

一年前的今天，我在朋友圈卖了一个关子：“7 月 21 日的林芝，是有故事的林芝，具体什么故事，再过几天，央视《新闻联播》里会有答案。”后来大家也都知道了，所说的故事，就是习近平总书记到西藏考察。

一年过去了，那次考察给西藏带来的激励和触动，依然如潮水般强劲。近期，我看了很多这方面的讲话和文章，关于国际形势、关于“三农”工作、关于治藏方略、关于那次考察……点点滴滴的感悟，记下来，便成了清澈的春水。

今日有雨，连绵似梦。恼人的燥热天气，终于被覆盖了，从头到脚的清爽，让人顿感岁月如金。

不是讲什么大道理，人活一世，总要干点有意义的事，浑浑噩噩混下去，对不起自己，也对不起别人。陆游有诗《十一月四日风雨大作》：僵卧孤村不自哀，尚思为国戍轮台。夜阑卧听风吹雨，铁马冰河入梦来。

可能我们的情怀没有如此高远，但实实在在地做好本职工作，要求不算太高吧。现实生活中最可怕的，是一头驴在两堆干草中间，饿死了。到了左边想右边，到了右边想左边，就是对眼前的东西没兴趣，布里丹的警告言犹在耳。

其实我想说的就是：出发吧，现在！

呼吸

梦醒，何从？
天边的云朵低沉
我感觉自己有责任
替干渴的大地
求几滴雨下来

最近一段时间
好像特别地忙
其实大多数人生闪转
都不会恰到好处
留点缝隙，是为了呼吸

水蜜桃已开始成熟
据说，有一缕风
能把芳香和诱惑卷起

昨夜月明星稀

河水流的，那叫一个淡定

2022 年 7 月 11 日

这几天好热、好忙、也好累，看来需要静下来，把所有的大事小情，捋一捋了。朋友的几张水蜜桃图片，极具天生之诱惑，我说你慢慢地享用吧，他说我更愿意欣赏。这种朋友没有也好，虐人千百遍，还要用文化的方式。

说一个与诗无关的话题吧。

今天早上，我在烧水的时候，突然发现窗户内趴着一只蚂蚱。眼睛大大的，周身都透着机灵，我拍照的时候尽量往远站，免得惊了这不速之客。这么高的楼层，它是怎么上来的呢？没人告诉我，我也不想细究。

高原上的很多现象，都不太好解释，那就由它好了。我看这只蚂蚱的羽翼很是丰满，估计往哪飞都不在话下，于是就用一个小纸盒把它捉住，放到了窗户外。等我回来的时候，那只蚂蚱已不见踪影，祝它飞途愉快，虫生快乐。

两棵树

两棵树，肩并肩
大把大把的阳光
洒在地上
这让我想起了昨天
昨天有多漫长
我说不清楚
光阴也说不清楚

两棵树，一阵风
敢于直面今天的
都是英雄好汉
对远行人来说
所谓的归途
永远都不会
攥在自己手上

两棵树，高无言
夜色已晚
我该睡觉了
篱笆再高大
也阻挡不了
一只鸟
飞过人间

2022 年 7 月 2 日

西藏某机关大院，长着两棵树，一棵是松树，另一棵也是松树。有风吹来的时候，竟有细微的松涛声传来。说实话，以前我并没有关注它们，偌大一个院子，挤满了各式各样的物种，比它们故事性强的有很多。

夏日的一个午后，阳光大大的，我又来到这里，站在五楼的窗户旁，发现这两棵树的树尖，半歪着头，已超过了阳台。而且在蓝天白云的怀抱里，还伸着舌头，漫无目的地，向上生长。

这让我想起了儿时，老家院子里的那些树，长得好高好大呀，也这样你争我抢地，扩张着手脚。不知它们现在怎样了，多年未曾见面，是否已经和远山，达成了某种默契。

人生就是一场旅行，向哪里，到哪里，在哪里……有时还真不好预料，其实也没必要预料。因为王国维的《人间词话》，昨天晚上又没休息好，看了他的开篇三论，我一直在想，自己属于哪个类别？“无我之境”还是“有我之境”。

我看哪个也不是，“词以境界为最上”，在这条路上，我还是个寻觅者。突然间闯进来的两棵树，或许是个路标吧。

夏日三章

1

与布宫相比，不
与夜色下的布宫相比
我们人类
还是有些渺小
即使没有灯光的加持
她的庄重大方
也让人不忍触摸

夜深了
站在不远处的山坡上
遥望千年之外的你
钟声蓄满禅意
彼岸若隐若现
今日的种植
可以收割了

2

谁说女子不如男
天文君总
一个人驾车
从波密
杀向了昌都
红色土地的尾巴
被掀了起来

轮胎破了
她兴奋地喊出声
这个薄情的午后
终于有了回音

3

一只猫走过草坪
与一个人走过半生
有什么区别吗?
我问淋淋沥沥的雨

雨说：好像
你并不那么从容
于是
我对着浩瀚的夜
鞠了一躬

昔日我曾如此苍老
如今我正风华正茂
鲍勃迪伦与猫
都是踏着歌声
走过来的

3+1

大地之深
我们用手
是摸不到的
滚烫的宇宙之火
每跳一次
都伴随着天崩地裂

一枚果壳的胸怀
可以收纳大海
也可以
温暖古今

让我们
在浩浩荡荡的前行中
静默一会儿吧
天地间的哲思
比风还硬

2022年6月26日

进入夏日，骄阳似火，好像创作的灵感，也少了很多。但隔上几天不写，我内心深处的缺失感，还会与日俱增。这首《夏日三章》，就是十几天来，挤牙膏似的挤出来的。

第一首写的是布宫。布宫就是布达拉宫，拉萨乃至西藏的第一标志。那天下班时候，刚好下了一场雨，来自印度洋的水汽，终于想起了雪域深处。忙了一天的我，感到有点疲惫，就在朋友的陪伴下，到布宫对面的山上，走了一会儿。

夜色渐浓，钟声隐隐，红白相间的布宫，在晚风的陪伴下，端坐在古城中央，不写一写她，是说不过去的。

第二首写的是侠客。我有一位忘年交，年纪轻轻，却颇有狭义之风。生于海滨名城，喜欢天文地理，长于探险流浪，每说一句话，都有星光溅落。前几天，侠客驾车，千里走单骑，从林芝往昌都，途中轮胎有恙，自己还显摆炫耀，我写一首诗，提醒其注意安全，并祝梦想成真。

第三首写的是流浪猫。圣城雨后，夜色如海，我在路边散步，忽见一只黑白相间的猫，步态轻盈地从草坪走过。它从哪里来？要到哪里去？我均不晓得，只晓得当时看呆了，以至于想拍照时，它已走进树林深处。昔日我曾如此苍老，如今我正风华正茂。不知怎的，竟想起了鲍勃迪伦的这句歌词，他和猫有什么缘分吗？

第四首是后加的，所以题目就没有改，文中序号被写成 3+1，实为后续之意。关于写作背景，好像也没有什么可讲的。一枚果壳的胸怀，可以收纳大海，也可以，温暖古今。即使想说什么，也不会偏离这句话，大家都晓得。

忆昨日梦境

远方就是远方
推开窗户
便有鸟儿飞过来
夕阳下的那片海哟
就算用尽一生
也难以横渡
马群已经忘却
暗夜里
只有青草还在沉思
假如月光能翻山越岭
那我愿意，此刻
就把余生的爱
写到天上

梦中出现的幻景
只有梦，才说得清楚

人生苦短

请珍惜每一次醒来

2022 年 5 月 23 日

最近休息不大好，好不容易睡着了，还迷迷糊糊地做梦，等醒来的时候，又什么也记不清。可前几天的一次梦境，却异常清晰而深刻，我没有理由不记下来。

好像是一个夜晚，有月光但并不明亮，我骑着枣红马，在草原上慢慢前行……路很长，草很香，夜色越来越浓，内心深处的恐惧，也在慢慢渗出。

就在这个时候，前面出现了一座山，爬还是不爬，我的心里很忐忑。一个朋友对我说，快点爬吧，山那边可以游泳。于是我们开始向上爬，沿着曲曲折折的山路。

山那边到了，很远、很美、很魔幻，天上飘着橘色的云，地上开着美丽的花，再远处是一望无际的海。海水有两种颜色，靠左边的是深色，靠右边的是彩色。

我最终的决定，是去右边的海里游一会儿，可还没有下水，梦就醒了。人间有些遗憾，是梦还没有做完，自己就出来了。如我，如昨夜，如这首诗。

高原上的云

前世，今生
都不可限量
高原上的云
飘到哪里
都是尊贵的种子
唯仰望，才见

曾千百次
想拥你入怀
可最后我们发现
你属于蓝天
凡夫俗子
是没有那个福分的

像什么，无所谓
不像什么，也无所谓

关键是你每次驾临
都会让浮躁的心
静下来，这份荣耀
非天空莫属

云呀，拉萨
我想送你一束花
可你却用微笑
拒绝了我
看来洁白的心意
也不能随便送出

2022年5月18日

身在拉萨，总想对她说点什么，可拿起笔来，却一个字也写不出。

莎士比亚在评价自己的戏剧《哈姆雷特》时说：一千个读者眼中，就会有一千个哈姆雷特。

巴黎的市徽上有一句名言：可以动摇，但不会被覆灭。

我感觉这两句话，稍改一改，都可以用在拉萨身上。

一千个人的心中，就会有一千个拉萨。可能会动摇，但不会被忘记。

来这里五年多了，我知道，自己已真真切切地，爱上了高原，爱上了这里。

曾无数次站在窗前，看远山，看天上的云。她们真是太有味道了，什么样的灵魂，都能在千变万化间，找到某种共鸣。

就整体而言，拉萨还是慢节奏的，所以才引来很多逐梦的人。他们的共鸣，在心里、在天上、在每一片云朵间。

送驻村队员出征

昨夜好雨，天晴
是为了你们
纵马出征，使命
在等待你们
该说的
都已说过
只有把根
深深地扎进泥土
未来的种子
才会更加茁壮

生于斯，长于斯
我们没有理由
不把洁白的哈达
双手奉上
就像你们也没有理由

不把周身的劲儿
献给扑面而来的
山川、河流……
以及
滚滚的热忱

2022年5月16日

在雪域高原工作，有一个话题是绕不开的，那就是驻村惠民。这项工作已持续了好多年，2022年是第十一批，今天是新旧轮换的日子。

生活需要仪式感，工作也需要仪式感。一大早，我便来到了单位，院子里满是欢送的人群。天公真是作美，缠绵了一夜的雨，突然间就云收雾散了。

湿漉漉的草坪上，空气异常清新，几簇新栽的竹子，好像也在列队送行。飘扬的国旗、洁白的哈达、祝福的话语……在这个夏日清晨，构成了一幅喜庆祥和的送别画卷。

看着笑意融融的驻村队员们，我想起了自己毕业时的社教生活，那时条件很差，村委会没有安排宿舍，我和打更的老大爷同睡一铺，稍不小心半夜就会有牛羊跑进来找吃的。

时代在变，变得越来越好，越来越有生机。年龄在长，当时的熟人，大多已经老去。我们的青春一去不复返，新一代的青春正大踏步走来。长江后浪推前浪，我欣喜，我接受。

突然想起了欧阳修的《浪淘沙·把酒祝东风》，他的格调有点愁，我把内容改一下，送给远行的队员们。把酒祝东风，新旧从容。垂杨柳絮圣城东。多少同心携手处，醉卧林丛。来去太匆匆，伟业无穷。今年花胜去年红。我信明朝花更好，誓与君同。

大地之大

对面是山
心中有海
千百年的潮起潮落
已让岸边的石头
涂满了包浆
一个与夕阳
不期而遇的王者
突然间坐下来
会不会有野草
随风起舞
阅尽千帆后的灵性哟
放到哪里
都温暖，且有光芒

大地之大
不在于沟壑

能藏多少人马
而在于紧要处
能有一双手
把苦难接住

2022 年 5 月 12 日

今天是 5 月 12 日，中国的“防灾减灾日”，为什么要定在这一天呢？自然是因为 12 年前，四川的汶川发生了 8.0 级大地震。可今日，重庆江北机场还是发生了一件惊心动魄的事，西藏航空的一架飞机在起飞时偏出跑道，好在只有部分乘客受了轻伤，其余人都安然无恙。这些让人揪心的事呀，还是越少越好，苦难的中华民族，经历得已经够多，是时候收获甘甜了。

是日，我在西藏人大一个北向的会议室里开会，透过窗户看出去，横亘的山峦在阳光下正气满满。因为气候干燥，山上鲜有树木，仅存的矮草也没有如期返青。望着有点可怜的远山，我忽然突发奇想，如果山脚下是一片海，潮涨潮落，岸边的石头会不会挂满包浆，山上的绿色会不会膘肥体壮。

我知道，我的想法需要沧海桑田，而诗，是个蹦蹦跳跳的先行者。

保重

人杰兄哭了
他高大威猛的表情里
流淌着
无法掩饰的痛
此人我没有见过
此事也太过沉重
比天空还远的申扎哟
群山，此刻
也只能选择静默

强格寺，断崖
黑颈鹤，悲鸣
当一连串的讲述
都选择在这个夜晚
散落成泥
我仿佛听到了

弦断时的叹息
匆忙而又血红的五月哟
请来一场大雨

据说世间所有的爱
都是一个时辰一个时辰
熬过来的
在你纵身远去的那一刻
生生不息的高原
被刺了一下

2022 年 5 月 10 日

写下这段文字，是因为陈人杰先生。他有一位援藏兄弟叫王军强，前天在那曲的申扎县，于出差途中意外辞世。当人杰兄听到这个噩耗时，我们正在一起，当时他就失声哭了起来。

来西藏好几年了，每年都会听到类似的不幸消息，真希望这样的事永远不再发生，大家都平平安安的。人杰兄是著名诗人，他在当晚的朋友圈发了一条消息，题目就叫《我的援藏兄弟》，很是感人，也触动了我，现摘录过来，跟大家分享。

不过我还是有些忐忑，跟在人杰兄的后面写东西，压力可想而知，因为他的写作功底，至少甩我五条街。我一点也没有借名家抬高自己的意思，我只是想表达一下，对这位援藏兄弟的敬意。

附：

《我的援藏兄弟》

陈人杰

当我写下这些文字，你已不在人间。

当文字也如游魂，找不到栖息的地方，你在天堂的哪个角落？

当天堂只是一个假设，不是为了永生，而是用来哭泣，王军强啊、扎西顿珠，拿什么以安慰、带回。

你爱申扎，将整个身体都留在申扎的群山了。这幅巨大起伏的雪峰底下，制造怎样的魂魄和海浪？

世界呵，埋葬一个人，只需要一秒种，而忘掉一个词，却需要漫长的一生。

人生固然悲痛，何以你创造新的悲痛……

——坠崖，强格寺，我宁愿看见你是一只黑颈鹤，去亲吻祖先歌颂过的古建筑遗址，迎接被浓雾笼罩的黎明第一缕阳光，因为有爱的地方才有真正的光辉！

（2022年5月8日晚惊作）

昨夜

山下有雨
山上雪
昨夜，拉萨
又回到了拉萨
我眼含热泪

大半座城都是空的
我心，也是空的
在高原温暖的臂弯里
一个孩子的笑声
破土而出

已经很久没有这样听雨了
守着窗外
淋淋沥沥的诉说
竟不知不觉地

撞上了天明

闭上眼睛
星空便从天而降
大片大片的光亮
慈母一般
守候着星河

平阶主席的兰草
不是兰草
是昨夜的雨
带着湿润
嫁给了马兰

2022 年 5 月 3 日

如果我没记错的话，昨夜的雨，应该是今年的第一场雨。了解我的人都知道，我是喜欢雨的，尤其喜欢在暗夜听雨。水润万物，无论怎么说，都是件值得庆贺的事。

一大早，便有很多热爱生活的人，在朋友圈秀“成果”。

其中一位比较特别，他叫吉米平阶，是西藏自治区作协主席，发了一张很像兰草的图片，我问他是兰草吗，他回复到：据说是马兰花。

拉萨是个非常包容的城市，一场雨和一场雪，可以孪生婴儿般，同时给你带来惊喜。昨夜就是这样，听了一晚上的雨，早晨醒来，发现远山上，还落了大片大片的苍老。

我的经验告诉我，雨雪之夜，大多是睡不好的。迷迷糊糊中，很想闭上眼睛再懒一会，可神秘莫测的星空，却海潮似的，一浪一浪地袭来。算了，睡不着就起来吧，平阶主席说得好：看景要趁早，不负好时光。

他的马兰，我的兰草，比他，比我，都识相得多！后续的这些话，与前面的那首诗，能对上吗？懂的，自然会懂。不懂的，等下次雨来。

想起水

水能载舟，亦能覆舟
一个伟大的民族能走到今天
就是因为他们懂得
世间万物
水，为大！

让出一片绿，收获一颗心
在老百姓天天走过的地方
把账，算对了
我本想为这个切角鼓掌
可孩子们的笑，比我还快

月圆与月缺
让睡眠的潮水
涌上来，又退下去

在大自然的拷问面前

我俯首称臣

2022年3月17日

我住的地方离拉萨市委很近，每天上班都要经过这里，所以哪怕是细微的变化，都逃不过我的眼睛。前两天，我突然发现市委大院的西南角被切了出去，原本属于院内的一块绿地，被改造成了街心小花园。因为这块地紧邻十字路口，附近还有一所学校，所以最开心的是孩子们，经过的时候总喜欢玩一会儿，其乐融融的氛围让人感觉很好。

我写这首诗的时候，正是农历的月圆时节，月圆月缺是影响睡眠的，我还没有跳出这个怪圈。点赞拉萨市委，他们悄无声息地主动“退让”，让这个春天，瞬间温暖起来。

沼泽

1

有人说时光不老
其实不老的
还有倔强的芦苇
世界没那么复杂
只要你把胸膛敞开
鹰，就能飞起来

2

对春天的理解
没有谁比沼泽地
更加透彻和急切
鸭子们一只接一只
在寻找着自由
除了自由
它们一无所有

3

愿你的归途貌美如花
愿春的恩泽永不干涸
我在三月的歇脚处
用大地深处的轰鸣
为你送行
明年大雪封山时
你会如期
再回到这里吗?

4

花被剪断之后
便成了
他人手中的祝福
其实我更想安慰一下
那些默默离去的
根!

2022 年 3 月 13 日

日子忙忙碌碌，加之脚不争气，没能散步久矣。今日春暖，到拉鲁湿地走走，满是老友重逢之感。朋友拍了几张照片，有金黄色的迟暮芦苇，有自由自在的野鸭子，有即将北归的候鸟，还有一个花店老板，边散步边打电话卖花。这些生活中的点点滴滴，就是这首《沼泽》的全部，权作简单的记述吧。

对面的云

一个朋友对我说
春天来了
我想起了你

想起了你
拉萨的春天
便湿润起来

北雁回归
我以仰望的姿势
为掉落的鸟声送行

匆匆而过的每一天
突然有了萌芽的感觉
你知道这是为什么吗?

风声雨声，敲门声
为一个男人的承诺
加注了血液

从上帝的视角看
荣耀与卑微
都是疼痛的一种

在这个季节写诗
最好用折断的柳枝
因为下一秒，就是分别

在午后温暖的阳光里
静静地发一会儿呆
可能是明智的选择

对面的白云告诉我
比山低的时候
并不意味着屈服

2022 年 3 月 7 日

今天，一个久未谋面的朋友给我打来电话，说春天来了，我想起了你。是呀，春天来了，一切美好的东西，都在发芽，都在成长，包括北归的大雁。

春到高原，拉萨三月的阳光，似乎出奇地暖，我在北京中路的一扇窗前，望着远处的群山，内心充满敬意。在山的腰脐处，飘着几片淡淡的云，它们神色宁静，一点也没有焦躁的感觉。

突然想起一句古诗：不畏浮云遮望眼。英雄与英雄的对话，可以默默地，只用眼神去交流。因为你想说的，他懂；他想说的，你也懂。

这首《对面的云》，没有降生的原因，也没有炫耀的理由，野孩子似的，在这个午后长大。思绪飘到哪里，就在哪里落脚，如果有人说看不懂，一点也不奇怪。因为我自己，也不明白。

值得

时光不停地后退，后退
如果再退五百年
今日之惊艳
还能继续惊艳吗
一个民族的爱与自信
古老，而又纯粹

雄赳赳的虎年门口
一滴男儿泪
悄然滑落
在属于自己的人生领地
做好该做的事
值得尊敬

这样的画面让我心生感动
这样的感动让我想起春天

2022 年 3 月 1 日于拉萨

今天是公历3月1日，藏历12月29日，春风送暖的美好时节，藏族同胞的“古突之夜”。我在圣城拉萨，祝读者朋友们吉祥安康，罗萨扎西德勒！

在北京冬奥会开幕式上，有记者敏锐地拍下一个瞬间：随着《义勇军进行曲》奏响，五星红旗冉冉升起，一名护旗手仰望着国旗升起，目光坚定，神情庄重，一滴眼泪从脸颊滑落。

这名护旗手是中国人民解放军仪仗大队战士闫振。回忆起那激动人心的时刻，他说：“我站在奥运会的升旗台，心中满满的自豪感，想到祖国如今的繁荣昌盛，是多么来之不易，那是一种说不出的骄傲与热爱，泪水就夺眶而出了……”

和很多人一样，看到这个故事，我也被感动了。诗人艾青说过：为什么我的眼里常含泪水？因为我对这土地爱得深沉。这个国家、这个时代、这片土地上的人民，值得我们用心去爱！

给昌都

1

这是一片红色的土地
山川，河流，历史
以及镶着金边的记忆
都在这个冬天
再次高高站起
我站在澜沧江边
用眼神
把淡蓝色的冰
给融化了
据说大地深处的火焰
想要钻出来看看
我看可以

2

好像已经第三次了

每一次来
都要用大把的时间
与路折腾
路，在昌都
就是藏在母亲腹中的脐带
尽管有很多无奈
但，我们离不开
太阳落山了
把灯点亮吧
路，没有尽头

3

转眼就到了分别时刻
乱哄哄的邦达机场
到处都是过年的味道
或东，或西
或急，或缓
都不得不在登机口前
放慢脚步

人间，需要一个节点
让自己慢下来
让灵魂飞上去

4

飞机直上云霄
俯视群山的感觉
比统帅一千只鹰
还让人激动
天空在不停地提醒
有一场雪
正在窗外密谋
什么时候来
看心情
更看指尖的温度

5

青藏高原之东
阳光倾泻而下

我手中的每一粒冰晶
都闪着远古的智慧
仁爱是不能亵渎的
或许明天
就会有一轮彩虹
在天边升起
我好像说得远了
哦，昌都
你的怀中
还有多少秘密
等着神来破解

2022年1月27日

昌都是西藏的门户，再往东走，就是巴蜀之地了。所以这里的人们，性格是复合型的，既有蜀人的精致，又有藏人的粗犷。来这里好几次了，但对她的了解，还停留在皮毛阶段。于我而言，昌都是一部大书，须慢慢地读。这首《给昌都》，就算见面礼吧，相信今后的日子，我们还会相拥。

飞翔

天欲雪，雁阵长
年将新，日日忙
本想在高原的岁末之际
端一杯茶
与远山
静静地聊上一会儿
可雪
却张开翅膀
把天空捂得严严实实
阳光哪去了？
阳光在云层上面！
渐起的风告诉我
这世间，从不缺阳光
世间缺的
是冲破云雾的勇气

一只大鸟
悄无声息地
从我背后飞了起来
有呐喊声
撞到了玻璃上

2021年12月29日

这几天拉萨降温了，阳光也跟着起哄，躲到云层后面不出来。日光城没有日光，人们会感觉很不习惯，感冒打喷嚏的也多了起来。年末年初的时候，各种事情喜欢扎堆，所以日子过得非常快。

上午参加一个活动，在室外，有点冷，大家都穿得像个猫熊，即使这样也有点受不住。为了御寒，也为了打发时间，我望着天空开始构思。恰巧在这个时候，一架飞机从头顶飞过，银色的翅膀清晰地倒映在玻璃上。它是即将远去的2021吗？可能是，也可能不是，我仿佛听到了2022的呐喊声。

下午在房间里改稿子，休息的时候就走到窗前，端一杯普洱，遥望云雾里的远山。室外寒风阵阵，室内鲜花正浓，我突然感觉自己像个孤独的老翁，在波涛滚滚的岁月长河里，垂钓着自己的心事。正感慨间，几组雁阵排空而来，轰炸机编队似的，从头顶慢慢飞过。

上午，我看到了飞过天空的客机，下午，我看到了飞过天空的雁阵。今天晚上，我会接着梦到飞翔的情节吗？过去的事我们改变不了，未来的事我们把控不了，我现在能做的，就是把当下的感觉，写成一首诗，就叫《飞翔》吧。

农历辛丑冬至

睡不着的夜
需要一粒沉香
在苍茫的宇宙间
来回摆动

星星们都走远了
月亮还在
就像歌声都走远了
激情还在

作为一个年轮的
最后几圈
无论我怎么握
都感觉热乎乎的

将军百战

留下的最后嘱托
是做人做事
要有情义

哎，岁月呀
就算我不把你
绑在时针上
你也会飞起来

2021 年 12 月 21 日

今日冬至。冬至是一个吉日，如《汉书》中说：“冬至阳气起，君道长，故贺。”过了冬至，白昼一天比一天长，太阳回升，是一个太阳直射点往返循环的开始，应该庆贺。

冬至的前一天晚上，守着窗外大大的月亮，我失眠了。年末年初，总是感觉特别忙，忙可以，但不能乱，这是一条根本准则。习近平总书记在梁家河插队时，曾跟人几次说到他很喜欢的一句话：“愈是军情棘手，众议纷纭，愈要心明力定，从‘耐烦’二字痛下功夫。”

所谓“耐烦”，顾名思义，就是不怕事情烦琐，做事有耐心。我没有那么高的修为，但我能在“烦意”升起时，让自己转移一下注意力。这首诗，就是在半睡半醒间，一点一点凑出来的，有夜空的景色，有偶发的感慨，有读书的收获。

这片土地

在山
要说山能听懂的话
在水
要和水唱同源的歌
这世间
没有哪一种月色
能穿透古今
成为天空的主宰
所以我想面带微笑
给每一个路过的人
送上祝福

就在不远处
小河依然乖巧
她之所以容颜不老
是因为她明白

脚下的这片土地
必须抱紧

2021年12月8日

在休息的时候，如果事情不急，我喜欢骑共享单车。因为拉萨的海拔比较高，这里的共享单车不用脚踏，绝大多数都是电动的。应该说，运营商采取这种配置方法，还是费了一番心思的。但百密一疏，他们忽略了高原的强光照，座椅设计得和内地一样，结果投放没多久就被晒脱了皮。

这种现象也提醒我们，无论做什么事，一定要实事求是，千万不要“一刀切”。橘生淮南则为橘，生于淮北则为枳。同一物种，因环境条件不同，会发生变异。同一举措，因时因地因人不同，效果也不一样。所以陈云同志提醒我们：不唯上、不唯书、只唯实。

拉萨的冬季是很恼火的，低压干燥缺氧，很多人休息不好，来的客人也很少。事有一弊必有一利。一个朋友对我说，这个季节的拉萨，才是真正的拉萨。这天傍晚，我在拉鲁湿地的边上走了走，那条熟悉的小河（当地人叫中干渠）乖巧依旧、清澈依旧、宁静依旧，靠着几棵粗壮的大树，我与远山对视了很久。

刚来拉萨的时候，几乎每天都到这条河边散步，很多河段的鱼我都认识，它们喜欢逆流待着，原地不动，尾巴还不停地摆。后来我搬走了，也就见得少了，今天应该是老友重逢。既然是老友重逢，见面总得带点礼物，它演示了一个古老的真理，我收获了一首关于方法论的诗。

还是荒野

1

远处青山
近处佳人
纵横五百里的镜头中
除了清澈
还是清澈
在大侠郑义看来
没有什么美好
是不能触摸的

走过荒野之后的自信
是转身离去
还剑气如虹

2

长长的时光

慢慢地走
一个把生命
都交给了荒野的人
无论怎么狂放
都值得拥抱一下

假如我是一颗星星
我会对黑夜说
你把全部的神秘
都传授给他吧
他手里的马灯
能把人心点亮

3

就冲大黄的那份高冷
我就知道
它对人
已经胸有成竹
一个冰川时代的孤儿

每走一步
都是神的旨意
现在它成名了
独步走遍天下
我倒希望有朝一日
它山重水复的童年
也能鱼跃而出

2021年11月15日

这首诗纯属偶然。

近来，我的肩颈一直不大舒服，晚饭后没什么事儿，就和朋友去老店子拔火罐。拔着拔着，便在郑义兄的朋友圈里拔出了“情况”。他在丽江，一个叫星托邦的房车营地里，和美女帅哥靓狗们对酒当歌。我无意识地评一句：好有诗意！他回过头来说：来一首。

有时创作，就这么简单，一来一往，《还是荒野》便诞生了。郑义是谁？我不想介绍过多，网上有两段关于他的文字，现摘录过来，比我说得明白。

其一：郑义，风光摄影家、动物摄影家，活跃于摩旅圈，被誉为“中国哈雷的精神领袖”。曾驾驶摩托车完成美国和澳大利亚公路之旅，2013年9月进入羌塘无人区，和好友郑刚一起拍摄了记录片《无人之境》。

其二：郑义，一个“野”了40年的老江湖，户外探险圈响当当的大前辈，在55岁本该知天命的年纪，却执拗地“宁可死在路上，绝不死在床上”。一人一狗出生入死，跨越数万公里，体知荒野浪漫人生。

熟悉并热爱郑义兄的人比较多，我还是避开热点，介绍一下他的爱犬大黄吧。好像是他自己说的，这只狗身世成谜，邂逅于冰川脚下，当时都快饿晕了，是郑义兄救了它的命。后来大黄知恩图报，又救了主人的命，曾经单枪匹马赶走好几匹野狼。

认识郑义兄是个偶然，地点是在拉萨，嘉措老师牵的线。写下这首诗也是偶然，要不是他把雪山、美女、荒野等晒出来，《还是荒野》还不知卡在哪里。一次两次，可以说是偶然，如果次数再多，那就是必然了。我衷心地期待，与郑义兄的必然之约，为时不要太远。

天涯

秋色渐老
云，装着雨
重重地
落在我心头
是风告诉迟了
还是我等得
有点酸楚
总之树上的鸟声
已开始玉化

在燕赵故地
十月是个好季节
连日出
都是大手笔
怎么说起天涯来了
天涯并不遥远

遥远
是踮起脚尖时的
那份渴望

2021 年 8 月 29 日构思
2021 年 10 月 22 日修改

严格地说，这首诗的归属权，我只有一半。

今年八月的一个夜晚，有位新学诗的朋友给我发来几行字，问我写得怎么样。诗中的云、降落、遥远等大词儿，都是朋友的原创。我看后挺有感觉，就在随手抓来的一张纸上，写下几句附和的话。

再后来，我就把这事儿给忘了，一头钻进忙忙碌碌的日常。今天翻看手机，竟发现当时我给那张纸拍了照，真是大喜过望。就结合近期的学习感受，尤其是燕赵故地的金秋风物，把这首已被遗忘的残诗，给嫁接救活了。

怎么说起天涯来了？是呀，怎么说起天涯来了！原因，我自己也说不清楚，好像就是一念而过，恰好被我的笔，给捉住了。对于这种“从天而降”的灵感，我非常珍视，因为我相信，天下没有无缘无故的相逢。

过亚东

1

关节壮硕，绿色
一条长长的龙
从眼前驶过
防滑链的尾巴上
还拴着冬日的冷
我无意将自己的梦想
说得过于夸张
但十八九岁
风华正茂的时候
能为祖国做点贡献
绝对是一种荣耀

戍边的将士们
我来晚了
但这一点也不影响
敬意的延续

2

你可以像蛇一样
悄无声息地爬进来
你可以用锋利的舌头
把 1904
舔得遍体鳞伤
但这片土地
终究还是这片土地
蓝天依旧晴朗
草地依旧慈祥
在正义和火焰之间
任何鬼魅的影子
都活不下来

古堡已经陈旧
弹孔依然清晰
不过你我都应该明白
对待历史
应该放尊重点儿

3

为真理而死的人
灵魂都变成了石头
向丑恶献媚的人
生命比羽毛还轻
在歌声起飞之前
我把一杯烈酒
洒到了地上
一股英雄气
在高原上
直插云霄

在西藏
能用眼睛丈量的
就不要用嘴去说
比如这片河谷

4

苦海无边
回头是岸
从东嘎广场出来
我看见对面的山上
洒满了阳光
水流千遭归大海
日日夜夜
岁岁年年
请问哪一滴
是自己的

在哗哗流淌的水声面前
我感觉自己
很脆弱也很渺小
这是秋天的忠告吗？

2021 年 9 月 22 日

亚东，一个位于藏南的边境县，就像根向下伸出的拇指，把喜马拉雅山给戳破了。我第一次来，是不是有点晚了。但这一点也不影响，我对这片土地的兴趣和敬意。

因为是边境地区，驻军多一点是自然的事，更何况这里还发生了洞朗对峙事件。那天进来的时候，曾和一个长长的车队同行，军人的规矩意识向来很强，我一边看一边走，竟被他们整齐的“军车步”给迷住了。

还有一个地方必须提一下，那就是英雄的曲美雄谷。1903 年 7 月，英国人荣赫鹏率领英军穿过亚东沟，开始大规模侵略西藏。1904 年 3 月 31 日，1400 余名藏族军民在曲美雄谷这个地方阻击入侵英军。英军在屡攻不克的情况下，假借谈判之名突破布防，残忍杀戮守关军民，鲜血染红了附近的多庆湖水。

那天我来到曲美雄谷的时候，看到了弹痕累累的城墙，看到了守关将士的名字，看到了落在英烈墙上的羽毛，看到了窗外水洗一般的蓝天……历史就是这样，无论怎样的风起云涌，都影响不了浩浩汤汤的前进潮流。这一点，侵略者比我们理解得更深。

在亚东的那两天，我就住在一条小河旁，昼夜不停的水声，像催眠曲一样让我睡得好香。水流千遭归大海！想必千百年前，也有像我一样的旅人，在这里感慨过流连过。但是，他们已经远去，河水依然流淌。此河水，是彼河水吗？

这首《过亚东》，就是这样来的，有偶然，也有必然。莫名地，我想起了几句古诗：江畔何人初见月？江月何年初照人？人生代代无穷已，江月年年望相似。不知江月待何人，但见长江送流水。

云上

1

神鹰一跃而起
翅膀和雄心
比天空还大
等我醒来的时候
大地已在脚下
匍匐成一块毛毡
牦牛生疏得
像个符号，牧歌
也吞并了万里草原
我随手向远方一指
便有彩虹
乖乖地升起

不要问我从哪里来
不要问我到哪里去

古老神奇的青藏高原哟
我怎么飞
都只是一只
铅色的鸟

2

万米高空之上
阳光破窗而入
我问身边的白云
你要到哪里去
她说：我哪也不去
此处就是我的家

朗朗天地之间
正气像一个拳头
挥过来又挥过去
便成了人间的风
在这个高度
我想再问一句
谁敢说自己是王

3

别急着盖棺定论
有些结论要交给历史
如果后人说这事儿有点飘
那是因为时代的车轮
有点沉重
不信可以找个地方
天很蓝水很美的地方
用力向下挖
如果冒出了香气
说明你的前世
在百花溪里游过

与爱有缘的人
就算走得再远
也能遇到花开

4

这位大哥睡得好香
口水滴下来都不知道
他的生活肯定很美
就像一群小鸭子
摇摇摆摆地从河边走过

假如生活可以重来
我想找个时间的缝隙
搬上一把小椅子
与那个白胡子老爷爷
聊聊过去的事儿

2021 年 9 月 8 日

人在旅途，总是件辛苦的事儿，不如猫在家里舒服。我也希望耗在路上的时间，能少一些。这几首诗都是在出差途中写的，而且全部构思于万米高空，原始稿就是几张小纸片，所以取名《云上》。

每当客机开始滑行，我就会闭上眼睛，靠着座椅胡思乱想，如果文明一点就叫神游八极。等进入巡航阶段后，再把纸笔拿出来，将刚刚掠过脑际的好句子记下来，作为今后整理成篇的原材料。

有人曾跟我开玩笑，说你的旅途好像也是诗途。此话说得有一定道理，这次出差在新建成的拉萨贡嘎机场 T3 航站楼，买了一本陈人杰兄的《西藏书》，好书、好诗、好人，我看了一路，非常解渴。

万物皆可涮，这是巴蜀人对火锅的诗意注解。万物皆可诗，这是我关于诗选题的最新理解。这几节互不搭边的《云上》，就充分体现了这个理念。眼前有什么就写什么，什么触动我就写什么，天马行空，任我驰骋。

飞机已经起飞了，巨大的轰鸣声让我想起力量，让我想起渐渐远去的山川，让我想起挂在山尖的彩虹；万米高空之上，白云是绝对的主宰，朗朗乾坤浩浩正气，我没有理由不诗；邻座的大哥从上飞机那一刻起，就表现得与众不同，先是狠狠地一通电话，然后是沉沉地一场好梦，看着他，我只有羡慕的份儿。

前不久在一个幽静的茶舍，我和一个朋友谈起了诗，他的观点和我的观点有点相似。诗要紧握大地、干净纯粹、至美至醇，决不能无病呻吟。

村上春树是个特立独行的人，他的作品里有很多戳心的话，比如这段：不管全世界所有人怎么说，我都认为自己的感受才是正确的。无论别人怎么看，我绝不打乱自己的节奏。

说得多好呀！我的《云上》若能得到村上君的指点，说不定也能发出灿烂的光。但此刻，充其量也就是一阵风，如能给世间带来某种清凉，我心足矣。

人间许多事，都湮没在了红尘中。我可能有很多爱好，有很多机缘，有很多磨难，有很多亲朋……但最后不离不弃陪伴我的，或能流传下去的，估计只有文学，只有这些跌跌撞撞的文字。

其实我今天很累，不想再写了，但最终没能忍住。写作是我的爱，可以用生命去换，谢谢这浓烈的“瘾”。

亮了

东方亮了
始祖鸟开始歌唱
最高最高的原上
有一片野草
还不愿醒来
在这个通透的清晨
风是最忠实的伴侣
每次轻轻地走过
都有暗香
孩子似地扑来
我抗拒不了

昨夜的雷声并没有继续
就像昨夜的闪电
也没有快马加鞭
来到我的窗前

我是这片土地的仆人
仆人的呼吸里
都藏着草香
突然造访的雷电
不可能停留太久
我和衣躺下
群山已纳入怀中

2021年8月18日

这首诗构思了好几天，最先出笼的是后半段，后来又延展出前半段，很多句子都是深更半夜自己蹦出来的。那夜拉萨的雷声特别响，像从地底下弹射出来，升到空中炸得火花四溅。我醒来后看了一下表，应该是凌晨两点左右，后来发现雷声大还另有原因，睡前自己忘了关窗户。

睡不着的时候总喜欢胡思乱想，想雷声和闪电离自己有多远，想山中的那片草原是否已野花泛滥，想轻风过后草香是否浓郁，想始祖鸟飞进高原会不会放声歌唱，想夜雨中的群山应该是什么样子……

昨夜又是细雨连绵，但没有雷声引导。我躺在床上听雨，感觉声音不够走心，就起来把窗户打开，让雨声不受阻拦地灌进来。想想自己也挺有意思，该关窗户的时候不关，不该开窗的时候开了，在拉萨的夜雨面前，我已乱了方寸。

诗，能拯救我吗?

没电了

老何电动车的门口
停着两辆电动车
和一个戴发夹的女人
老何站着修车，后腰露着
女人坐着看手机，声音挺大
老何放了一个屁
说：没电了
女人连头也没抬
说：没电咋还这么响
我不知道他们说的
是不是一回事儿
我也不知道他俩
到底是什么关系
我只知道自己
有点懵
这么多年的诗

都白写了
人家不经意间的
一来一往
就把我的万丈豪情
给掐灭了

算了，走吧
什么也不想说
今夜，在老何门口
我是玻璃
我怕来自大地深处的
那些诗意

2021年8月8日于拉萨

老何于我，是个陌生人。

那天朋友约我吃饭，因为堵车等原因，耽搁了一会儿。于是我就在附近散了一会儿步，恰巧路过老何的门口。这可以说是缘分吗？我想说是，不知老何答应否。

从牌匾的内容看，老何应该是个修电动车的，他搬着屁股修车的认真样儿，让我油然而生很多好感。靠勤奋和汗水吃饭的人，向来值得尊敬。他可能不会写诗，但他的生活，就是一首诗。

过去经常讲文学源于生活，但在我的写作实践中，却很少把眼睛，扎进街头老百姓的喜怒哀乐。是我忘本了吗？不是，我对平凡生活的向往和热爱，从来没有改变过。

现在我确实很忙，想写点东西的时候，心静不下来。想思考点事情的时候，敲门声和电话声不断。现代信息技术的发展，提高了我们的工作效率，也侵蚀了我们的心灵空间。

谢谢老何，也谢谢坐在他身边的那位女士，你们让我再次触摸了平凡生活的可爱。祝你们生意兴隆，祝你们开心快乐。

秋思

1

秋天来了，我
站在草原上
等一匹老马
慢慢地
把夕阳哄睡
它是圣徒
我是圣徒眼中的
一片余晖

2

落叶想说的话
去年秋天
就已经说了
时光不再回返
留下的
都应该珍惜

3

河水洄流处

一大堆木头

停下了脚步

我掀开沉重的倒影

水流的形状

还依稀可见

有时思考

需要静下来

4

八月，遥想

你四月盛开的样子

没来，是错过

来了，是感慨

人间有些景色

只要遇见

就是好的

5

一个桃子掉下来
还没有成熟
砸在地上的感觉
有些疼
但对季节
不会有丝毫影响

6

我很少对别人说
这是个收获的季节
阳光、雨露、种子
没有几样东西
是自己能够把控的
收获不收获
要听多年以后
大树下的评说

2021年8月7日于拉萨河坝林

今日立秋。“立”是开始的意思，“秋”是收获的象征。此话来自网络，我摘过来，是想图个喜庆，不代表就认同它。对于动辄百万次的点击量，有时我也心有余悸，不得不屈服一下。

我真实的想法在诗里已经说了，就是第六节：我很少对别人说，这是个收获的季节，阳光、雨露、种子……没有几样东西，是自己能够把控的，收获不收获，要听多年以后，大树下的评说。

前几天去了趟林芝，对，就是那个著名的雪域江南。在一片草滩前，我看到几匹老马，于夕阳下悠闲地吃着草。一个朋友对我说，它们像圣徒，比我们睿智。我说我不反对你的说法，但马不一定同意。

林芝的桃花是很美的，但那是在四月，现在桃子都快成熟了。站在一片桃林前，几个桃子迎风掉落，砸在地上的声音，让人感觉有些疼。那个朋友又对我说，可惜不是花开时节，我说现在有现在的美呀。

其实我印象最深的，是一堆拥挤的木头，声明一下，该表述与海子的诗无关。尼洋河水洄流，时光缓缓上岸，看似杂乱无章的一堆，实则蕴含着洪荒与悲悯。我用力抬起几段枯木，洪水冲刷过的痕迹，还依稀可见。

现在它们都静下来了，孤独地躺在河边，等着阳光来踩，等着我来感慨。是它们幸福，还是我幸福，好像没人能说得清。对大自然的神来之笔，我向来敬畏有加，因为千百年来，也只有它们，不曾改变丝毫。

立秋之日，想写点什么，杂七杂八地，感觉无从下手。彷徨苦闷之时，又想起了那个河湾，想起了那片桃林，想起了精心挑选的树根，想起了甩着尾巴吃草的老马……

一路

1

十年前来过
十年后，同一天
您又来了
走街，串户
嘘寒，问暖
不变的是真情
改变的是面貌
一枝一叶总关情
七月的高原
有暖风，在吹

2

绿色，无边的绿色
您指点江山的那一刻
雅江与尼洋河

在高原的心坎儿处
击了一下掌
国之崛起
需要一个支点
千年的大拐弯
能担得起吗

3

一桥飞架南北
两岸再不陌生
当绿色的巨龙
风一样驶过
这片国土的未来
就有了依托
实力与决心
已相互抱紧
迎来一幅新画卷
那是迟早的事

4

我始终坚信
高原
会对得起每一份
真诚的付出
在蓝天白云之下
就做个天真的孩子吧
爱飞翔
爱花朵
爱自己所拥有的
一切

5

大路朝天
世间没有一种神勇
是藏在沟壑里的
充满朝气的
坚韧的脸
燃烧着火焰

这火
从井冈山上烧起
一瞬间
就温暖了历史

6

群山肃立
掌声如潮
拉萨饭店的那个上午
被热情点燃了
从面上来说
您是来看望大家的
但笑容的背后
是信任，我们
要对得起这份信任

7

兄弟同心
其利断金

在这片高耸的土地上
唯有肩并肩
才能把春天
捧在手上
种在心里

8

时间虽然不长
但您大步走过的
每一段路
或您驻足倾听的
每一分钟
都好像在提示我们
江山就是人民
人民就是江山

2021 年 7 月 31 日

2021 年 7 月 21 日至 23 日，中共中央总书记、国家主席、中央军委主席习近平来到西藏，祝贺西藏和平解放 70 周年，

看望慰问西藏各族干部群众。此行产生的影响是巨大的，新华社这样表述：习近平作为中共中央总书记、国家主席、中央军委主席到西藏庆祝西藏和平解放，在党和国家历史上是第一次。

总书记到林芝的当天，即7月21日，我恰好在林芝参加培训，那天发出的组诗《学史再思》后面，我还卖了一个关子，说7月21日的林芝，是有故事的林芝。现在这个故事已经公开了，我也可以直截了当地写点东西了。

习近平总书记的西藏之行，走一路、听一路、看一路、关心一路、谋划一路、鼓励一路。所以我今天这首组诗的题目就叫《一路》，共分8个小结，每个小结都有一个关注点，有关于部队的，有关于铁路的，有关于民族团结的，有关于雅尼湿地的，等等，有了一点感想就记下来，最后结集于此。

明天就是八一建军节了，每年的八月一日，我都会写点东西，给这些最可爱的人。他们真不容易，爬冰卧雪，戍守边关，用自己的青春热血，保卫了祖国和人民的幸福安宁。这首诗，也是献给军人的，向军人致敬！

学史再思

1

时间真是一把好剃刀
大浪淘沙，剩下的
都比石头还坚硬
所谓的历史之必然
想必在这里
又复活了吧

2

不要小看跌倒的价值
没吃过苦
没流过血
还想俯视群雄
一旦摔倒了
就会被踩成泥巴

3

三年以来
三十年以来
由此上溯到一千八百四十年
从那时起……
能有如此之胸怀
毛泽东不是英雄
谁是英雄

4

扣蒋，是一种担当
放蒋，是一种智慧
送蒋，是一种情怀
格局决定命运
中国革命的最后结局
在1936年12月
就已经有了答案

5

重庆，有雾
国民政府的天空
突然下了一场
《沁园春·雪》
这场雪好大
把民族的耻辱
也洗了一遍

6

人有多大胆
地有多大产
客观规律一旦被拉断
等待我们的
必将是重重的摔倒
树，要一寸寸地长
急不得
也慢不得

2021 年 7 月 21 日于林芝

2021年7月21日的林芝，是个有故事的林芝，具体是什么故事，再过几天，央视《新闻联播》里会有答案。

也是在这一天，我在雪域江南，美丽的尼洋河畔，读了一篇关于建党百年的纪念文章。

文中有风，刮过百年，依然强劲无比。从1921到1949，从1949到1978，从1978到2021，三段史诗般的章节，把积贫积弱的中国，硬生生地，带进了一个新时代。

这个领路人是谁？中国共产党！如果有人对此还持有异议，我会第一个站出来反对。因为你，不懂中国的近代史，不懂大多数中国人的想法，不懂世界的发展趋势。

中国共产党能有今天，也不是一蹴而就的，她也经历了艰难曲折、酸甜苦辣。在这首小诗里，我选取了几个经典的历史瞬间，通过诗的形式，进行了回放。

中共一大代表结局、李德指挥中央红军作战、人民纪念碑碑文、西安事变、重庆谈判、“大跃进”的失误……一共6节，我不想展开细讲，只把诗的门帘，揭开了一条缝儿。具体是什么感受，每个人有每个人的想法，我只说我自己的，与他人无关。

三悟

1

可能喜欢
也可能不喜欢
可能如意
也可能不如意
可能会眼睁睁地
看着一只鸟
从枯枝上掉落
没关系
真没关系
来的都是客
既然天空已经变硬
那就坦然地
面对好了

物来顺应

不要抱怨
生命中的每一次花开
都不可复制

2

若天上没有云
你想雨来
雨也不会来
若天空乌云密布
你想拥抱阳光
阳光也不会理你
人生不就是如此吗
想得多了
背上的石头
会越来越重
我们遇到的烦恼
大多是自己
给自己酿造的

未来不迎
聪明的眼睛
都会选择
一心一意地
看着当下

3

远去的事情
就像远去的河水
流走了
也就流走了
你还想找回来吗
能够找回来的
都变了味道

既过不恋
可不仅仅是
一种智慧
如果还想不通

可以看看星空
在她的眼中
还有什么
是放不下的

2021 年 7 月 15 日

今晨，有雨，淋淋沥沥。古老的拉萨城，半睡半醒地，滋润着别人，淡定着自己。转经筒或高或低，或急或缓，沿着既定的路线，潮水般地涌着。我不知道他们在想什么，也不知道终点在哪里，我只知道这份虔诚，已延续了上千年。信仰这东西，有时就像风，不知不觉地，便把你带到了彼岸。

最近很喜欢读曾国藩的书，尤其是“物来顺应、未来不迎、既过不恋”这几句话。太有感觉了！如果不是经历了人生的起起落落，岁月的风风雨雨，是绝对不可能有这种体味的。

其实关于曾国藩的东西，我早就喜欢读，应该算是老粉丝了。记得刚参加工作时搞了一个座右铭：唯天下之至诚能胜天下之至伪，唯天下之至拙能胜天下之至巧。其出处就是《曾国藩家书》。

再后来，我还写过一篇散文，名曰《谁能代表湖南》，好像还公开发表了。当时我选了三位历史名人，第一位就是曾国藩，另外两位是毛泽东和黄兴。争议比较大的是第三位，时过境迁，也不想再争论这些了。

我的这首组诗，源于曾国藩的那几句话，也源于拉萨昨夜的雨。早晨上班的时候，车窗是开着的，一边呼吸清新的雨后空气，一边思考曾国藩的人生智慧。她们就像两根纤细的手指，不经意间，便戳中了我的灵魂。不写点什么，好像对不住这雨，也对不住曾文正公，好喜欢这种被“推”感觉。

刻度：这些年

我老了吗？可能老了，也可能不老。白发已大举入侵，心头仍蹄声隐隐。一路走来，有很多人帮过我，有很多事难忘怀。就让这些场景和岁月一起湮没吗？不！我心有不甘。只要世间还有爱，只要诗还活着，只要种子和春雨还想拥抱，我就要把生命中的点点滴滴，记录下来。让后人们看到，曾经有一颗心，在这片土地上，执着地奔跑。启明星升起来了，一只鹰裂空而去，我把手放在胸前，河水开始翻腾。

星云浩荡

1

长空悟彻

星云浩荡

一个人

背负着一个时代

架起了

温暖海峡两岸的

人间正道

2

童年留下的印象

一辈子都忘不了

扬州三月

诵经声与孤帆远影

已隐入了历史

若不再归来

故乡还能否记得
赤子，大德

3
是该降一场雨了
你缓缓地伸出双手
慈悲乎
彼岸乎
蓦地
有一朵莲
在天际绽放

4
扑面而来的雪
与游走不定的钟声
是这段时间
梅花竞相开放的主因
人间不缺爱恨
缺的是

比大河还宽的
悲悯

5
佛光闪耀的地方
正经历着一场送别
如果此刻
只用祭奠来表达哀思
那显然有点俗套
群鸟在天上写字
或许它们也知道
在海的最深处
有泪花，涌起

2023 年 2 月 5 日

癸卯年元宵节这天，一代宗师释星云走了，享年 96 岁。他俗名李国深，法号悟彻，出生于江苏江都，12 岁在南京栖霞寺出家。1947 年从焦山佛学院毕业，1949 年迁居台湾，1967 年在高雄开创佛光山。星云大师一生致力于发展人间佛教，主张两岸同属一个中国，并为此做了很多有意义的事。

千里之外

阳光沉默的午后
乌云也打不起精神来
老船长回到岸边
对着跳动的浪花说
你信不信
我的这根白发
能把风雨镇住

忘记了不该忘记的事
算不算悟了
菩提也不愿回答
杜鹃花开得正好
可惜这不是你的花期
细数半生走过的所有歧路
好像都带着点儿禅味

歌声在千里之外响起
今夜，我想在海浪的抚摸下
卸下所有的疲惫
让沙子，变成一粒沙子

2023年2月2日

忙了一下午，阳光还是那样娇小迷人，突然间想写点东西了。写什么呢？朋友在千里之外，发来大海和歌声；一盆粉红色的杜鹃，莫名其妙地开了；老船长的故事虽然遥远，但依然感觉亲切；最近总是丢三落四的，是好事还是坏事；淘尽黄沙始见金，做一粒快乐的沙子，也好……

其实我今天感觉有点累，但半推半就的一首诗，还是让平凡而忙碌的生活，多了一点儿花香。

假如我生在巴塔哥尼亚

假如我生在巴塔哥尼亚
我会把自己的后半生
拉得比旷野还辽阔
再往南走上几步
就是冰天雪地的世界
让尘埃回归尘埃吧
人类的所有萌发
都可以，归于沉寂

假如我生在巴塔哥尼亚
我会用尽平生气力
为古老的太阳加冕
这里的山峰不是山峰
是神的旨意
刺破了苍穹
信天翁的翅膀已做好准备

这一去，便是一生

谁说平凡的灵魂
不能成为英雄
我的灵魂深处
住着孤独的巴塔哥尼亚
野性与疯狂，理智与敬畏
汇聚到一起
就是雪山的眼睛
眨了，又眨

2022 年 10 月 12 日于拉萨

对巴塔哥尼亚的印象，来自于中国的环保摄影家罗红，他拍了一部关于这个狂野之地的片子，我看了好多遍。能不能产生共鸣？有没有身临其境的感觉？只有看了才会懂得。罗红说：“没有任何语言可以描绘她的美。”所以我不想介绍过多，真正的美，需要自己去感受。

对罗红的印象，来自于 2017 年的一次培训，在北京国家会计学院，出门不远处，便是罗红摄影艺术馆。我去过两次，设计得很精美，整个建筑掩映在东方园林之中。一楼是吃蛋糕喝茶的地方，好利来的感觉随处可见，但我没有品尝过。二楼以上是展区，所有的作品都是罗红的行走印迹，涉及好几个大洲，包括巴塔哥尼亚。

罗红曾多次声称自己的摄影就是爱好，不想参加什么评奖或比赛，把美留住就行了，这个我信，也理解他的初衷。做一件事情，尤其是刚开始的时候，如果功利性太强，赶时髦凑热闹想出名，就会影响灵魂的坚守，百害而无一利。其实写作也是一样，如果总想着发表与获奖，就会受制于各种条条框框，放不开手脚去写。

搞艺术需要投入，这也是不争的事实，罗红在摄影方面的成就，离不开好利来的香味儿。那么荒凉那么遥远的地方，又是直升机又是飞行员，没有充足的资金保障哪行。一位网友评论得好："罗老师的摄影作品不仅是美得震撼，还特治愈心灵，就是挺费钱的，臣妾我肯定做不到。"

这话没错！但有钱人的钱，可以用到很多地方，罗红把它用来探索美传播美留住美，无论从哪个角度讲，都是值得称道的。所以我用这首小诗，向罗红，向所有美的执着，向从未谋面的巴塔哥尼亚，致以深深的敬意。

夜半看中意女排比赛

输了
输了就输了呗
只要能战斗到最后一刻
你们就是真正的战士

流星与闪电谁更坚强
火光
照亮了大半个高原
这阵势，值得永远铭记

或许再有这种激情
已是多少年以后的事了
今夜
应该多留几粒火种

2022 年 10 月 12 日凌晨

10月11日晚进行的女排世锦赛1/4决赛，中国女排1比3不敌意大利队，止步于世锦赛八强。看完这场比赛的时候，已是10月12日凌晨，高原的夜空像水洗过一样，让人产生想摸一摸的冲动。

关于比赛的结果，其实不必太在意，只要双方都尽力了，留一场赏心悦目即可。意大利队的整体实力确实在中国队之上，尤其那个叫埃格努的黑人主攻手，每一根神经都好像专为排球长的，技术、力量、意识均堪称完美。

面对强大的对手，要敢于承认差距，敢于打光最后一颗子弹，这也是一支队伍走向成熟的标志。今天的中国女排，自始至终都没给对手留下放松的机会，这是一支有着光荣传统的队伍，为她们的努力和坚持点赞。

闲话欧洲

1

现在哪一片海的下面
能是安全的呢
只要霸权思想不死去
那些诡异的白浪
就可能随时翻起

比别人好
与不让别人好
到底哪个更光明正大呢
我站在历史大潮的深处
无奈地摇了摇头

一炷香
在石头上渐渐燃起
我抚摸着慢慢变暖的人间

为什么不让杀伐
坐下来反思一会呢

2

先设定目标
后研究手段
然后再找个理由
这就是美国人的逻辑
不服，来航母上聊聊

能战方能止战
不能战的时候
也别急着找个怀抱就投
安全的背后一定有
黑洞洞的枪口在笑

不要等雨来了
才想起加固门窗
我们的老祖宗很聪明

衣衫褴褛的时候就说
自力更生，艰苦奋斗

3

糊涂是一种活法
装糊涂也是一种活法
在北溪一二的遗体旁
欧洲的心脏
打了一个冷战

东向是一条锁链
西向是一个陷阱
欧洲的列祖列宗们
忽然发现故园
长满了他人的食指

欧洲已死
在这个冬季
拿破仑和俾斯麦

都给“精致”的后世子孙
发了唁电

4

狮王就是狮王
它能让你知道是个陷阱
还心甘情愿地跳下去
放心吧，胡萝卜或者大棒
总有一款适合你

可能有过救命之恩
最好的报答就是看我眼色
轰隆隆的战车正在狂奔
如果需要减轻重量
兄弟，对不住了

其实也不是不想发力
更不是所有的脑袋
都退化成了海肠

有三尸脑神丹在腹
谁敢不顺着黑木崖方向

2022年10月3日

不知从什么时候开始，这世界进入了豪赌模式。本钱多的赌，本钱少的赌，没本钱的豁出命来，也赌。

乌克兰自立门户不久，本手无缚鸡之力，却非要蹚蹚北约手拉手的浑水，结果被俄罗斯按在地上摩擦，将来领土的完整性都不好说。北极熊近年来陷入了四面楚歌之地，在巨大的内政外交压力下，又使出了惯用的“蛮力铁砂掌”，直接和北约这个旷野狼群对着干。山巅之国虽然表面上还富丽堂皇，但骨子里的焦躁已不可逆转，谁接近他都要凶相毕露，无原则无底线的挑拨离间，早晚会把自己也搭进去。

这些具体而可怕的末日冒险，随着俄乌战争的不断升级，已在欧洲大陆形成了面目狰狞的连环病灶，这不能不让人心生恐惧。俄罗斯需要这场战争护住自己的南部战略软肋，就算受点儿损失可以用开疆拓土来弥补。美国需要这场战争把俄欧经贸联系切断，让他们在能源供应上反求于己，继而对俄罗斯形成围攻。俄美的战略动机都非常清晰，那欧洲的战略动机呢？直到目前为止，可能还停留在价值和理念方面，或者说，他们的动机就是美国的动机，也可以说，他们自己就没什么动机。几十个没有战略动机的国家，却天天热火朝天地参与制裁，确实有点让人看不懂，而且随着制裁的进一步扩大，自己已浑身是伤。

新冠肺炎疫情的突如其来，加速了世界百年未有之大变局的演变。在这场谁也不想沉下去的演变中，欧洲可能会失去很多很多，因为它站到了引爆炸弹的最前沿。当年戴高乐是个富有远见的人，他坚持走依靠自己的路子，可后来法国又回到了温柔乡里。今天的欧洲，需要戴高乐，需要一批头脑清醒意志坚定的伟大人物。

当孔子遇上帕麦斯顿

假如福岛核电站的污水
是中国人排的
大洋彼岸的那位朋友
以及大洋
还会睁一只眼闭一只眼吗？

假如塞尔维亚的高个子总统
也举着联合国宪章
要科索沃跟自己回家
欧洲议会的帅哥美女们
也会不闻不问吗？

没有永远的朋友
只有永远的利益
这句话本身没有错
错在某些大哥的胃口

实在太大了

谁的利益都是利益
谁的感受都是感受
当自己的利益和感受
被履带反复碾压
就算是兔子也会咬上一口

放于利而行，多怨
孔子提醒我们不要太自私
就是因为他知道
大棒挥来挥去的
会伤到自己

2022年9月26日

没有永远的朋友，只有永远的利益。这是英国前首相亨利·帕麦斯顿说过的一句话，就是在他担任首相期间，下达了在华销售鸦片和建设军事据点的命令。1839年，民族英雄林则徐在广东发起禁烟运动时，亨利·帕麦斯顿曾公开叫嚣：先揍他一顿，然后再解释。

时至今日，亨利·帕麦斯顿的丛林思维方式，在盎格鲁·撒克逊谱系的国度里，是烟消云散了还是固执地成长着，明眼人一下子就能看出来，其给世界局势带来的影响，值得我们认真思考。

中国古代先贤孔子在他的思想吸星大法《论语》中说过这样一句话："放于利而行，多怨。"大概的意思就是：如果大家行事之前都是利字当头，不考虑别人的感受，那么最后的结果肯定会招致很多怨恨，所以你是不会走得长远的。

孔子的话代表了东方的古老哲学精髓——"和为贵"，当这种植根于农耕土壤的和谐思想与利益至上的海霸理念迎头相撞，谁会笑到最后？需要历史的检验。

战争之问

俄罗斯胜了?
还是乌克兰胜了?
一位天神站出来说
把所有的恩怨都捆在一起
烧了吧!

罗斯福厉害?
还是斯大林厉害?
还没等两位开口说话
联合国大会的讲台上
早已吐沫横飞!

阵亡的士兵更痛苦?
还是阵亡士兵的母亲更痛苦?
山川与河流神情突变
那些煽风点火的“君子”

被装进了头也不抬的炮管！

据说乌东战场的天空
阴得像哭过一样
我想以历史的名义
告诉丛林
仇恨的尽头，还是仇恨！

2022年9月22日

最近俄乌战争打得，有点像好莱坞的大片。

先是乌克兰总统泽连斯基称反攻取得重大胜利，在哈尔科夫方向夺回8000多平方公里国土，宣扬“只要再咬咬牙，就能把大鹅炖了”，剩下的被占领土也必须全部收复，包括黑海明珠克里米亚。然后是俄罗斯总统普京宣布将进行有限的战争动员，顿涅茨克、卢甘斯克、赫尔松和扎波罗热地区将在未来一周内举行公投，一旦公投正式通过，这些地区就会并入俄罗斯版图。

战争能解决所有问题吗？我向来不信，可惜那些强国对此深信不疑。远的不说，就说近三十年的吧，阿富汗、克什米尔、伊拉克、利比亚、叙利亚、巴勒斯坦……哪个地方靠武力把问题全部解决了？要么一地鸡毛，要么惶惶而退，要么胆战心惊，决策者们头脑一热，老百姓就跟着遭殃，擦屁股的事也没完没了。更为可笑的是，所有的挑衅和战争，还被冠以人民的名义。

能用对话解决的问题，为什么非要动手呢？打人没好手，骂人没好口，冤家宜解不宜结，撕破脸的事儿还是少做为好。中国古代有个“六尺巷”的故事：清朝开国状元傅以渐，在京城为秘书院大学士，家中因为宅基纠纷，修书一封，希望他能为家中撑腰。收到家人来书，他遂修一纸家书：“千里修书只为墙，让他三尺又何妨？万里长城今犹在，不见当年秦始皇”。家人看后，自感惭愧，主动让出三尺。邻居知道后，也深感惭愧，让出三尺来，于是就形成了后来的六尺巷。

这个故事很有哲理性，充分体现了中国古人的豁达和智慧，丛林时代的法则，只适用于丛林那个环境，出了丛林就不一定了。人类的历史和自然的历史比起来，不光是小巫见大巫的问题，而是茫茫沧海与一杯水的关系。自然的智慧远比人类的智慧更加睿智，比如：和谐共生！衍生出来就是：谈比打好！握手比开枪有力！我们期望着。

给泸定

大地就像一口井
有时给你水喝
有时会塌陷下去
这次海螺妹妹吹响的
是筋骨撕裂的痛

无论黄昏有多么暗淡
生活都得继续下去
我代表破碎的砖石
对父老乡亲们说一声
会好的，会好的

相信自己，就像相信
你们伟大的双手

2022 年 9 月 7 日

本月5日，四川甘孜州泸定县发生6.8级地震，6日又发生3.2级余震，目前已致数十人遇难。泸定、雅安等地受灾严重，成都、眉山等地震感强烈。

海螺沟，我戏称其为海螺妹妹，美丽的贡嘎之花，是个一直想去却没去成的地方，位于泸定县磨西镇。这次地震让她受了点伤，看来再去，一定要把安慰带足。

这个秋天呀，真是多“事”之秋，国内的旱情、疫情、地震……国际的战争、瘟疫、逆流……好像在成心考验我们。不过没关系的，如果我们站到太空中，回看自己的蓝色星球，顶多算个大核桃，这些林林总总的事，全是毛毛雨。

同学给我发来短信，说今天是白露，白天可以喝点茶，晚上没事儿搞点酒。我明白他的意思：窖藏五谷酒，接续白露茶。酒是不可能的了，茶的愿望也虚无缥缈，我现在最大的心愿：一是地震灾区的损失能够小点儿，二是困扰我们的疫情尽早结束。

只是感受

如果你不惋惜苏联的崩溃
你就是没有良心
如果你还想让苏联复活
你就是没有头脑
戈尔巴乔夫走了
普京的话
还活着

凡是敌人反对的
我们就要拥护
凡是敌人拥护的
我们就要反对
毛泽东对付敌人的手段
就是让敌人
喘不上气来

历史无法改变
但历史有可能重演
在沸沸扬扬的评论声中
我仿佛看见
战略博弈下的理想之花
摇身一变
就成了嗜血的刀

2022年8月30日

戈尔巴乔夫走了。

我在上高中的时候，曾经买过他的《改革与新思维》，但基本上没看，现在还躺在我的书架里。后来的纷纷扰扰大家都知道了，有人骂他，说他亲手肢解了自己的祖国。有人爱他，说他是俄罗斯民主的灯塔。

他是一个什么样的人，我个人觉得，不同的立场和角度肯定有不同的评价，也没必要非得弄出个子午卯酉来。但有一点是公认的，戈尔巴乔夫是一个历史节点型人物，苏联和苏共历史的终结者，他改变了二战后的世界格局。

胖胖的憨兄在朋友圈发一视频，晚年的戈尔巴乔夫深情朗诵莱蒙托夫的诗作《我独自上路》，这可能在一定程度上，反映了他当时的心路历程，但到底因为什么，可能只有他自己知道。

我独自一人出门启程，夜雾中闪烁着嶙峋的石路；夜深了。荒原聆听着上帝，星星们也彼此把情怀低诉。

天空是如此壮观和奇美，大地在蓝光幽幽中沉睡……我怎么这样伤心和难过？是有所期待，或有所追悔？

对人生我已经无所期待，对往事我没有什么追悔；我在寻求自由和安宁啊！我真愿忘怀一切地安睡！

但我不愿作墓中的寒梦……我是想永远这样地安息；让生命仅仅在胸中打盹，让胸膛起伏，微微呼吸；

让醉人的歌声娱悦我耳朵，日日夜夜为我唱爱情的歌，让那茂密的橡树长绿不败，俯下身躯对着我低声诉说。

好美的诗，愿这世界，一切安好。

禾苗与大地

1

留下什么并不重要
重要的是做了什么
大树的一些想法
小草未必理解
这么多年过去了
我们还是想说
苦难的东方狮子
不能没有清醒

小平、大海
大海、小平
我相信时代如涌
谁也不会忘记
这浩瀚的名字

2

山再高
也高不过云吧
哪怕横扫千军的荣耀
已经湮灭

斜风细雨如恋
夜色中
我目视前方
能够泛起涟漪的
都走过冰河圣火
如果没有豁出去的神勇
请不要轻易选择飞翔

3

别担心，来吧
历史已经证明
这个民族
只要有一扇窗子开着

就能引来百鸟朝凤
树欲静而风不止
风动，而心不动
你又能耐我何?

一代伟人的淡定
一个民族的福祉
好喜欢那个湿润的年代
禾苗与大地
紧紧地拥抱着

2022年8月20日

再过两天，也就是8月22日，是邓小平同志诞辰118周年纪念日。这是第几次写他老人家，我已记不清楚，他结束了一个时代，也开创了一个时代，我们永远怀念他！时势造英雄，他没有辜负自己的沉稳、老练和睿智。

记得小平同志说过这样一段话：“我的经验无非两条，第一不怕，第二乐观。向远看，向前看，一切便都好办了。”刚毕业的那段时间，时常感到人生迷茫，我曾把他的这段话，当成座右铭抄在笔记本上，现在想起来，还有灯光如昼的感觉。

他是个见过大世面的人，同时也具有极强的个性。毛泽东同志曾评价小平同志“柔中寓刚，绵里藏针。外面和气一点，内部是钢铁公司。”几十年的革命生涯，小平同志经历过很多大风大浪，甚至三落三起，但他始终不忘的原则是：实事求是。

话题再扯远一点儿，最近中美冲突已经显性化，这也没什么大不了的，你的胳膊日渐粗壮，人家不担心也不正常，尤其是已经习惯了独步天下。小平同志曾经说过：中美关系，好不到哪里去，也坏不到哪里去，对此要有清醒认识。

最近美国出台了《芯片和科学法案》，矛头直指中国的半导体产业。可能有人又要担心了，我倒感觉不必大惊小怪，航天、汽车、高铁、核电……哪个不是在封锁和制裁中长大的。最最关键的，是我们要集中力量办好自己的事。

天下没有免费的午餐，也没有顺利的成长，对任何一个国家来说，都是这个道理。其实在小平同志主政的时代，也不是一切风平浪静，面对无礼和打压，他曾经伸出三根手指：冷静观察、稳住阵脚、沉着应付。

我们这个民族，需要这种定力：任凭风浪起，稳坐钓鱼台。

长大了

长大了
就是在吃杏子时
忽然担心起杏子
被摘下来
会不会很痛

长大了
就是在烈日炎炎的午后
也不会脱光膀子
在大树的羽翼下
讨论人类

长大了
就是当子弹飞过眉梢
也能揪着火药的尾巴
与惊呼声

拥抱一下

长大了
就是比一片荷
更能理解夏天
为什么把雨滴
当女儿一样呵护

长大了
就是穿一双芒鞋
也能把千年的风雨
甩在身后，尽管
夕照已不那么迷人

长大了
就是在上岸时
多忙也不会忘记
摸一摸那块
从不说话的石头

长大了
就是迈着苍老的步伐
也能像个孩子似的
与偶尔飘过的云
聊上一会儿

2022年7月17日

六月《画你》，七月《长大》。

今天的话题，还要从二哥说起。他在朋友圈发了几张图片，全是呼伦贝尔景色，前面还附了一句：呼伦贝尔美！其中有两张拍的是土豆，膘肥体壮的，一看就是黑土地的杰作。

东北平原的黑土地哟，就像女神留在人间的乳汁，世世代代滋养着勤劳的人民。我给二哥发了一条短信：二哥的土豆、二嫂的草原。这下他不高兴了，专门给我回了一条：瞎说啥呢，这是二哥的天堂草原，你二嫂是陪着看风景的。

那天晚上，我们又聊了很久，二哥邀请我去呼伦贝尔看看，我是心向往之，真没时间。好像那年的同学会后，我们再没见过，能听得出，他心很静，一不小心，大家都已鬓染霜花。

光阴酿造出来的，都是陈年老酒，越品越有味道。我和二哥相识，还是在十七八岁，那段终生难忘的青春岁月，直到今天，还能荡起阵阵水波。每代人都有每代人的青春，每代人也都有每代人的特点，我们应尊重这种差异。

其实人生的每个阶段，都有风景存在，就看你会不会欣赏。青春不在，不等于激情不在、快乐不在、价值不在，还有很多很多有意义的事，在等着我们。这首《长大了》，致青春，也致现在，是回首，也是眺望。

画你

——兼致久别的科尔沁

画你，可能像
也可能不像
因为你，只藏在记忆里

画你，画着画着
歌声就飞了起来
房前屋后，鸟语花香

画你，是因为你的美丽
时光滤过去的
都值得珍惜

画你，阳光正好
在熟悉的旋律里

我愿意老去

画你，就不要客气了
虽然零点的钟声
已在夜空敲响

画你，就像画一朵小花
画到最后
却没有了颜色

画你，如你
韶华依旧
江水不绝

2022 年 7 月 7 日

《画你》因二哥而起，他近期一直在老家红火，昨夜又是笙歌阵阵，期间把别人唱给他的《画你》发给了我。我昨天有点事，很久才看到这条信息，回复时他已半醉。

二哥何许人也？我大学时的同班同学，他人高马大，性格豪爽，因为在宿舍里排行老二，所以大家都叫他二哥。二哥现在呼伦贝尔，他有几个爱好，前三位是种地、喝酒、唱歌。

当然，他唱的歌有点像莫日格勒河，弯弯曲曲，一会儿就能把人搞蒙。昨晚他有点动情地对我说：你知道吗？《画你》这首歌现在很流行，满满的科尔沁味道，作词的是奈曼人。

我说离开的时间太久，真不了解这首歌以及这个人，同时还晕他说你唱得更好一些，因为就激情而言，二哥只比刘欢差 0.05 微米。让我感到意外的是，他竟然没有反对，看来在呼伦贝尔待久了，三河牛的那一套已驾轻就熟。

不过最后他还没忘提醒我一句，你也可以写一写科尔沁，题目也叫《画你》。我给他回复了三个字：我试试。这一试，就搞得我有点失眠，今天发出来，也算兑现承诺了。

声明一点，陈宝成先生的《画你》是歌，我的拙作《画你》是诗，这是我自己判定的，两者不具可比性，请勿随便对比。再者，若他日呼伦贝尔有约，请二哥手下留情，你唱《画你》，我诵《画你》，其实最终，都是为了你，和美丽的科尔沁。

我要回契丹

我要回契丹
回到那段
血脉偾张的历史
将军百战，身未死
西风烈烈里
残阳，挂满了枝头

我要回契丹
回到母亲温暖的怀抱
干涩的黄沙幼子
砸到地上
却没有哪位英雄豪杰
喊疼！

我要回契丹
回到风一般的大辽

战马昂起头颅
对着天空大吼
还我河山
还我子民

我要回契丹
回到大河奔流的午夜
断壁残垣里
有一只鹰，裂空而去
请问瘦弱的古道
谁，还会遇到谁

我要回契丹
带上古老的思念
石头屋里的秘密
该破壳而出了
雨点般落下的雷声
是泪涌，也是风暴

我要回契丹
谁与我同行？
大通道上的铁马冰河
于我，已成了梦里时光
插在山顶的旗帜哟
站起来吧，我心依旧

2022年6月18日

这是一首无心之作。

清晨，翻看朋友圈，诗友徐树发了一个视频，《我要回契丹》，拍得很有质量，解说词也大气磅礴。更为可贵的是，他还配了一首诗，也叫《我要回契丹》。徐树是契丹故里人，现在黑龙江任职，可能是漂泊在外的原因吧，他的字里行间，挤满了思乡味道。

我也在契丹故里工作过，他的感受我能体会到。

契丹故里在哪？在赤峰，在巴林左旗。百度上是这样介绍的：本旗为辽上京临潢府所在地。唐天佑四年，总管契丹部落联盟兵马大权的耶律阿保机，通过选举方式取代了遥辇氏世为契丹可汗的地位，于正月庚寅在本地即皇帝位，是为辽朝开国之始。

我去过辽上京遗址数次，那是一座废弃的古城，孤独地躺在草原深处。虽然看着有点残破，但骨子里，却透着高冷和狠。那是一个彪悍华丽的王朝，每一座古墓的出土，都能给人类带来惊喜。就在遗址的不远处，还有耶律阿保机之墓，三面环山，一面朝阳，至今没有打开过。

我在诗中所说的石屋，就在耶律阿保机墓前，由7块巨大的花岗岩搭建而成。有人说这是停尸房，但到底是干什么的，至今仍然是谜。对了，诗中提到的大通道，是纵贯内蒙古东西的一级公路，沿途风景很美，以前我经常走。

再次感谢徐树兄，感谢那个视频《我要回契丹》。当然，我还要感谢大辽，感谢谜一样的契丹，他们创造了自己，也惊艳了后世。

解意（赠徐厌）

黑暗有时比光明
更让人魂牵梦绕
半生的爱恨得失
都在窗子旁
被一阵海风
吹得服服帖帖

读罢老徐的诗
我一点也没有上岸的感觉
其实就这样坐着
看山，看海
看触手可及的时光
不是很好吗

毕竟在刀光剑影之后
打开一扇窗子
比抚平一段心路

要容易得多

2022年5月28日

此诗，是写给老徐的。

老徐名庆，好像是江苏人，近年来一直在蒙古草原打拼。他爱诗，也爱酒，但更爱自己的小孙女。这个顺序，符合他的矮胖身材，也对得起白发丛生。

某日，他在微信朋友圈发一图片，四周是黑色的，中间有一扇窗户，半开着，外面是海。光与影的结合，让我突然想起了曼德拉，想起了他说过的一句话：光明与黑暗。

这片海是大西洋吗？这扇窗户通向哪里？那束光是朝阳吗？

老徐是个感情丰富的人，他在图片后面还附了一首诗，名为《读图》，其中有一句话，让我印象深刻：我认为我的前半生过得不咋地，就如生活在黑暗中，但心有盼头，胸有朝阳。

受他的启发，我和了一首，名为《解意（赠徐庆）》，他喜不喜欢，我就不知道了。不过最后还得说一句：谢谢老徐！希望咱们的后半生，都有朝阳陪伴，如果朝阳不愿意，夕阳也可以。

忠告

花烂漫，茶飘香
老人和风筝
在三月尚未走远的时候
相互牵挂着
默默对视
旁边的那个孩子
是时光的注解吗？

一个时代的终结
一段往事的封存
好像没有什么必然联系
蓝天白云之下
任何形式的牵挂
都会在河滩上
找到归宿

该糊涂的时候不要清醒
该清醒的时候不要糊涂
江湖混沌的日子
需要一个忠告

2022年5月15日

是日上午，和一个朋友在电话里聊了很久，关于俄乌战争、关于经济形势、关于人生看法……观点基本一致。“三观”不同的人，是没法聊下去的，所谓道不同不相为谋，大概就是这个道理。

他给我发来一张照片，一位德高望重的老人，领着心爱的小孙子，在公园的一个亭子旁放风筝。老人的表情很淡定，就像一片沉静的海，我们都明白，这是历经风雨之后，一种本色的积淀与回归。

没有睿智的头脑，没有足够的定力，没有宽广的胸怀，没有过人的勇气，没有骄人的过往，想要达到这个境界，难呀！面对老首长，我和朋友发出了共同的感慨：淡定需要深度！

功勋

——致柴云振

我不是英雄
真正的英雄
没有回来
战火硝烟之后
你以痛为马
头也不回地
钻进了岁月深处

隐姓埋名33年
若走，也就走了
灯红酒绿之中
谁还会记得这些呢
我敬佩你的朴素
朴素得能让一座山
俯首称臣

成大事的人全都这样
敢把一片海
装进杯子里
然后，慢慢地饮下

2022 年 5 月 1 日于拉萨

柴云振是谁？一位淡泊名利的可爱老人，抗美援朝特等功臣、一级战斗英雄，“七一勋章”获得者，曾隐姓埋名 33 年，2018 年 12 月安详辞世，享年 93 岁。

柴云振是四川省岳池县大佛乡人，曾任志愿军十五军四十五师一三四团八连七班班长。1951 年 5 月，他在朝鲜江原道芝浦地区的朴达峰，担负阻击北上敌军的任务，期间作战英勇，身负重伤。战后被转至包头市某医院疗养，伤愈后回到家乡隐姓埋名，从此与部队失去联系，33 年后才被重新找到。

尽管柴云振一再声明，自己不是英雄，真正的英雄，没有回来。他也用实际行动证明，作为一名经历过枪林弹雨的人，对名利确实没有多大兴趣。越是淡泊名利，越能潜心笃行，我敬佩这样的人。一个偶然的机会，看了关于柴云振的纪录片，不知怎的，忽想起了鲁迅先生的话：真的猛士，敢于直面惨淡的人生，敢于正视淋漓的鲜血。

在历史的长河中，他堪称猛士，视死如归的猛士，淡泊名利的猛士。

看完他的事迹，我一直在想，假如自己是柴云振，我能不能在长达33年的漫长岁月里，深藏功与名，甘没人海里。世间很多事，说说容易，真要去做，还真得下点决心。

好了，不说了，千万个承诺，都不如一件实实在在的行动。

东邪

桃花落尽，岛主
已没了等待的兴趣
箫声一曲
或许能够解释
为什么远在天涯
还忘不了
少年时的苦苦相求

武功独步天下
傲气纵览乾坤
当年的侠义之心
已被你的眼神
一一俘获
如今山河已去
我懂了，珍惜

刚刚上演的别离
于我只是唤起
真的希望
那年，那月，那人
再来一遍
你依旧高冷
我依旧痴迷

2022 年 4 月 27 日

这事儿容易暴露年龄！暴露就暴露吧，于我，已没了顾虑的必要。因为年龄，是个永恒的存在，无论老幼。勇敢地面对，也是一种成熟。

在一个朋友的朋友圈，看到 83 版《射雕英雄传》黄药师的扮演者曾江辞世了，感到意外加感慨。对于曾江，我并不熟悉，只知道他是香港的知名艺人。在我的脑海里，他就是黄药师，黄药师就是他。

黄药师何许人也？金庸武侠小说《射雕英雄传》和《神雕侠侣》及其衍生作品中的关键角色。桃花岛岛主，天下“五绝”之一，外号“东邪”，黄蓉的父亲。“桃花影落飞神剑，碧海潮生按玉箫”是其一生武功的写照，造诣非凡，已臻化境。

此外，他还是我少年时的绝对偶像。洒脱、飘逸、高深、自信、淡泊……当然，可能还有孤僻、冷漠、不羁……金庸一生，在自己的武侠帝国里，塑造了很多英雄人物，风清扬、张无忌、扫地僧、萧峰等，吸引了那时的我，也影响了后来的我。

这首《东邪》，写给曾江，写给黄药师，也写给所有我心目中的英雄。时代需要英雄，英雄也需要时代。电视剧《射雕英雄传》走红的时候，是上世纪八十年代，中国的改革开放风起云涌，那是个英雄辈出的年代，也是个激情澎湃的年代。如果说今天我们有所斩获，应该感谢那时的果断和坚定。

晨起

这一片花海
送你
这一轮朝阳
送你
这一峰若有所思的骆驼
送你
这一群前呼后拥的岩羊
也送你
……

闹铃声休眠的这个清晨
我只把浩瀚的空
留给自己
因为已经很久
没有信马由缰了

治大国若烹小鲜
七彩祥云般的倾诉
我收下了
如果竹子可以疯长
请先把石头焐热

2022 年 4 月 17 日

已经很久没有这样放肆地睡懒觉儿了。早晨起来，外面已是天光大亮，远山上的雪，告诉我拉萨又被春天哄骗了。

一个朋友给我发来一段视频和一张图片，视频是海一般怒放的小雏菊，白色的花瓣黄色的蕊，在朝阳的映照下诗意十足。图片是一堵夯土老墙，上半部站着一峰骆驼，头歪着若有所思。下半部有一群岩羊，大羊在前小羊居中，白色的屁股自信满满。

没有了闹铃的催促，我可以天马行空地玩上一会儿，人生之乐趣，有时就这么简单，懒在床上万事成空。那段视频和那幅图片像过电影似的，在我的脑海里来回播放，我可以忽略它们，可它们却不放过我。

王蒙和赵士林的对谈录《争鸣传统》就放在床头，关于“治大国若烹小鲜”的谈论，让我久久不能静下心来。其实生活，就像一锅陈年老汤，只要你热爱，什么菜放进去都有滋有味。

悼

悲伤太大
再多的祈祷
都无法让那一串数字
重新站起

天空张着大嘴
告诉惊讶的人们
那个黑色的午后
世界被关上了

山林不是最后的告别
他们只有起飞
在遥远遥远的地方
还在飞，一直飞

一个朋友说

我甚至都无法亲吻你
132 个生命，132 罐泥土
这个春天，会记住你们

2022 年 3 月 27 日

其实早猜到了结局，就是不愿意相信而已。

3 月 26 日晚上，“3·21”东航 MU5735 航空器飞行事故国家应急处置指挥部举行新闻发布会，民航局副局长胡振江发布最新情况：“3·21”东航 MU5735 航班上 123 名乘客和 9 名机组人员已全部遇难。

逝者安息！各大网站已把页面调为黑白色，一则消息尤其让人泪目《太心疼！东航 MU5735 航班家属带走一罐现场泥土》。对他们，我们只能表示慰问：节哀，今后的路，还得走下去。

春天不悔

1

写一首诗吧，LQ 说
可我担心这些简单的分行
配不上芬芳三月
桃花簇拥着桃花
让路过的人
难以忘怀
大林寺还站在远方
它门后的人面
为何不辞而别
人间有一种幸福
叫骑着马
从树下走过
芳香已退居幕后
此刻，我只想
对着午后

消磨一会儿

那些大大小小的感慨哟
其实不必
每天早晨醒来
能有几声鸟鸣传来
就足够了

2

晨风，唤我
一如孩子的清澈
就让今天的晚霞
把昨天埋没吧
再长的路，都要坚持
最美的春天
分你一半
在高原上饮过马的人
从不吝啬
桃花，流水，以及三月

能够在春天飞起来的
都能在冬天找到理由
历史的因果不用检验
走过前面的那片天
爱就会沸腾起来
与柳絮的活泼好动相比
天空有点措手不及
在人类彻底反省自己之前
还是留一点神秘吧
给滔滔
不知的江河

2022 年 3 月 25 日

关于春天，有很多人写，我也写过很多次。春天是个特别的季节，蕴含着希望与萌发，我热爱春天，就像我热爱一切美好。这首诗共分两部分，不是一气呵成写完的，断断续续地，延续了几个星期。有感觉的时候就记下来，没心情的时候就停下来，后续再整理修改，但主题只有一个：春天。一个朋友跟我开玩笑说，你这是春天的碎片，这个比喻有味道，要说拥抱整个春天，我还真不敢。

《文城》之思

读完《文城》
才知道文城
是一个血泪谎言

溪镇的命很苦
但溪镇
是一个厚重的存在

在那个兵荒马乱的年代
每个人的出身
就是每个人的命运

改变过命运的骨头
只要摸起来
总有挥之不去的冷

无论天空有多黑暗
都不影响人性
在窗口执着地亮着

底层人民的喜怒哀乐
永远都不要忽视
谁忽视了，谁就面临枯萎

一个从灾难里走出来的人
无论霞光多么微弱
他都倍感幸福

宽厚与接纳
总会带来福报
不信，你可以去问田野

主人公的命运就别再提了
他们的遭遇会让你
一遍一遍地陷入沉思

在历史的洪流面前
枪声，只能证明自己
还不够强大

构筑《文城》的一砖一瓦
都让人感到，余华
有些神秘

鸟声清脆
我躺在睡梦里
不敢让想象，继续前行

掩卷长思
结束的尚未结束
开始的已经开始

熙熙攘攘的路上
不知谁喊了一声：喂

我没有回头，我不累

2022 年 3 月 5 日

最近，一直在读余华的新作《文城》。没有读过《文城》的人，看我的这首诗，会有些难度，因为它类似读后感。

读完《文城》这部小说，总感觉意犹未尽，我想找些评论之类的东西，再体会体会，但却一无所获。其实没有更好，连余华都不想解释，别人更没有资格。

在这本书的腰封处，写着这样一段话：人生就是自己的往事和他人的序章。时代的洪流推着每个人做出各自的选择。这是一个荒蛮的年代，结束的尚未结束，开始的尚未开始。

好了，不说了，就此打住。人生需要留白，文字更是如此。不知余华看了我的诗，会作何感想，他是个云端上的作家。

二月十九

1

一个时代的精神寄托
一个民族的定海神针
虽然远去了
但那份光和热
依然滚烫

不喜欢影视中的你
那份自信和从容
根本演不出来
就像池塘里的风
再怎么折腾
都和大海无关

据说晚年的你
看着纪录片中的自己

羞涩地笑了
这羞涩，是国之万幸
我们在遥远的天际
都想鼓掌

无论面对什么
你都平静似海
那身灰色的中山装
翻过来就是万里河山
有你斩钉截铁的话在
这个国家的人们
感到踏实

2

一阵劲风
从午后的拉萨河
隆隆地驶过
不用担心河边的鸟儿
会不会受到惊吓

有风
它们会飞得更高

今日雨水
杏花和鱼
以及美好的万物
都在幸福地成长
这话有点像海子
海子和春天
永远都分不开

女儿说有一只猫
长得很可爱
她想养起来
我仰望高原的夜空
突然想起大唐
那些宫墙里的恩宠
现在何方

3

呼和浩特，挺住
我相信你的筋骨
无愧于一代天骄
千古阴山的一声断喝
任多少瘟神
都得远离

如意河里的冰
应该快化了
所以我的祝福
恰逢其时
相信没有什么困难
能让敕勒歌不再响起

夜是用来睡觉的
不过偶尔
也可以用来奔跑
比如疫情下

穿着防护服的
你们

2022年2月19日

2月19日，是一个时间。《二月十九》，是一首诗。

2022年2月19日，我写下一首诗，名为《二月十九》。诗分三节，其第一节，是写给小平同志的，25年前的这一天，他老人家与世长辞。斯人已去，风范长存。我们怀念他，我们热爱他。

送你

1

夕照南山
推窗见海
在这毛茸茸的春天
就算没有花开
我也心满意足了
历史的脚步并未走远
每一缕风
都带着眷恋

2

莲在水中
开，或者不开
都不影响季节
把希望的种子
慢慢吐出

真不会枯萎
爱不会褪色
这人间，值得

3

凤凰树上
落满了凤凰
蓝天深处
写满了湛蓝
还有什么
比在春天里
手握一大把思念
更让人惬意的呢

4

农人在田里
守着自己的田
鸟儿在林间
唱着自己的歌

我在不远处
羡慕着春天里的
他们
以及它们

5

我爱红色，就像
我爱冬日的暖
大踏步地追寻炉火
这，谁也阻挡不了
春天呀，就让我们
舞起来吧
那片蔚蓝的海
已准备好了拥抱

2022年2月5日

这是一首构思了很久的诗。

大概在两周前，一个忘年交朋友建议我参加“春天送你一首诗”征文活动，因为时间要求比较紧，所以整个春节假期，我都在构思写点什么，但好像进展有点不顺畅。

直到昨天晚上，老谋深算的张艺谋，再次扎根古老中华文化，向全世界展示了一场史诗级的冬奥会开幕式。我给他的评价是8个字：文化、科技、创新、自信。

历史又一次雄辩地证明：中国人，行！

话题还得回到这首诗上来，昨天是农历壬寅虎年立春，老谋子把这个点抓得手都抖了，不佩服还真不行。在这个节骨眼儿上，我一点表示都没有，好像心里的亏欠也消不掉。那好吧，一首《送你》，给立春，给冬奥会，也参加征文。

写到这里，我突然感觉自己，是不是在“蹭流量”呀。

1984

那一年
大地开始解冻
天空开始苏醒
古老的东方巨兽
每动一下
都有咔咔作响的
鳞片
崩落

那一年
《时代》用触角
在长城脚下
找到了一瓶可口可乐
新时代的门槛上
站着一个笑容可掬的
中国

农民

那一年
因为希望疯长
因为阳光明媚
几个学生偷偷地
写下了“小平您好”
那种喜悦
至今
温暖

那一年
门和窗户
都打开了
一股清新的空气
闯了进来
从此人间不再沉寂
烈火
雄起

那一年
我 13 岁
青涩与遥远
反差与感慨
都不怎么重要了
其实我关心的是
少年
何往

那一年
丛林深处
一棵不起眼儿的树
沐着风雨
已长出大国之威
力量从何而来?
历史
懂得

那一年
所有的梦想
都已开始播种
一大把种子撒下去
一大片奇迹长出来
激情是最宝贵的
未来
可期

2022年1月5日

这是2022年的开篇之作，应该写点什么呢？我想了很久，也没想出一个中意的。就在这个时候，贵州的陈恩贵先生在朋友圈发了一篇文章，题目是《公元1984年，我很怀念它》。按说他的年龄，对1984年应该没有直接体会，但他的眼睛很刁，如能看中必有原因。

果不其然，我看完之后，连想都没想，就直接收藏了。1984年，在新中国的发展史上，绝对是个重要而特殊的年份。中英关于香港问题的联合声明在这一年签署，庆祝建国35周年大阅兵在这一年举行，“小平您好”的标语首次出现在游行队伍里，很多具有历史影响力的改革决策在这一年启动……

我印象中的1984年，是身边的大人们很忙，“改革”“创业”“涨价”“挣钱”等新鲜词儿层出不穷，整个社会好像被一股力量推着，在向前跑。印象深一点的还有建国35周年大阅兵，《中国儿童报》整版介绍阅兵武器，飞机大炮导弹等我全能认出来，看来那时我就成了军迷。

我们怀念1984年，主要是怀念它的激情和梦想，怀念它的包容与开放。我们能有今天的大国之威，与当时坚定而有力的改革政策密不可分。张瑞敏、柳传志、李彦宏、马云等后来的商界风云人物，就是在那时起步，乘着改革开放的东风飞起来的。

前人种树，后人乘凉。上世纪80年代的勇毅前行，已在后来结出了硕果。如今，我们踩在前人的肩膀上，已走进了一个新时代。后人的脚下，还有没有一副肩膀递上来呢？这，值得我们每个人深思！

今日小寒，宋人吕徽之有诗《冬景》曰：斗室萧萧日晏眠，疏狂惟与懒相便。寻常甲子无心记，看到梅花又一年。时光紧迫，想种树的人，请抓紧时间。

10月2日夜晚

10月2日的那个夜晚
自始至终
都有一眼泉
在我的梦中喷涌

那水好大哟
大到整个川西平原
都跟着水
在奔腾

有人说这是吉兆
其实对我而言
吉兆就是让梦
别停下

2021年10月17日构思
2022年1月26日修改

2021年10月2日晚，我睡得好沉好香，而且还做了一个梦。梦中有一眼泉，水量很大，清澈干净，奔腾着，翻卷着，向远方流去。因为印象比较深，直到今天还清楚地记得，所以第二天，就查了一下《周公解梦》。周公说此梦“大吉昌”：三才配置甚佳，基础运坚固，境遇安泰，喜下属忠心扶助，得长辈或上司之惠泽引进，努力奋斗，可轻易得成功，及伸张发展，很幸福安全之佳名。

虽然自己是个唯物主义者，但看到这样的褒义解释，心里还是美滋滋的。此外还有一句话，也让我比较开心：对从事艺术创作的人来说，这样的梦还意味着创造力勃发。我喜欢写诗，若灵感能势如春草，那当然是件开心的事。

反思

山在远方
所以山
是一种高大
路在脚下
所以路
摸起来温暖
如果山中没有路
那山
是想得道成仙吗？
如果路尽不见山
那路
还能一呼百应吗？

问山，问路
问世间的所有
都不如坐下来

与自己
静静地聊一会儿
人生最大的疑惑
是天天看着自己
却不认识自己

2022年1月15日

我已经不止一次引用这句话了。

在希腊帕特农神庙的入口处有一块石碑，上面镌刻着古希腊哲人德谟克利特的一句明言：人呀，认识你自己。

我认识自己吗？说实话，没有底气回答。

曾子曰："吾日三省吾身：为人谋而不忠乎？与朋友交而不信乎？传不习乎？"

人可以不认识自己，但不能不反思自己。我是谁？我是干什么的？我有哪些缺点和优点？哪些事我做得不对，需要校正；哪些事我问心无愧，可以继续坚持……

这些话，没人会告诉你，只有自己去领悟。尘世，纷纷扰扰，该做的事情太多太多，有些是必须放弃的。但每天或几天，抽出点儿时间来，静静地反思自己，有好处。

夜过秦岭

1

虽然看不见
但空气里
已满是自信的味道
秦岭，不是秦始皇的岭
是修成正果的马头
昂起在荣耀之巅

好深呀，这蜈蚣般的隧道
如果继续向前走
我会不会
钻进龙王的肚子

2

此生还有一个愿望
就是在月白风清时

走遍祖国的塞北与江南

一个朋友对我说
我想去流浪
就算是天涯海角
也无怨无悔

3

假如我是一只鸟
夜过秦岭
该用什么样的飞翔
来安慰夜色呢?

繁文缛节的事儿就不说了
山的轮廓正破壳而出
在日升日落的轮回中
它只是一个鸡雏
在历史的长河深处
我也只是一个鸡雏

4

一辆大车发疯似的
把另一辆大车
给超了过去
车辙痛苦地扭曲着
就像一张怪异的脸

这长长的路
急什么呢？
想想人生
又何尝不是如此

5

爬了一晚上山路
大车累了
停在路边呼哧呼哧地
喘粗气

不要觉得他们可怜

真正可怜的
是山脚下
还没有出发的人

6

草原的姑娘哟
就不要再去牧羊了
此刻秦岭的怀中
汪着一大片星河
你可以撑一支长篙
去捞点儿思念

每次想起草原
就算时速超过120
也开不出我的忧伤

7

今天走了很多弯路
人生以后将是坦途

林志玲的话有些僵硬
但我还是想谢谢她
谢谢她以导航之名
说了好多假话

2021年12月26日

秦岭的荣幸，是和它的延长线淮河一道，成为了中国人心中的“参照物”。秦岭淮河以南，就是南方。秦岭淮河以北，就是北方。“南米北面”“南船北马”“南涝北旱”的地理格局皆出于此。

今年秋冬之际，疫情影响还在，我一人一车，独自穿越了秦岭。原打算在白天走，一则视线好，二则可看景。但考虑到时间有点紧，就选择了凌晨夜过，夜过有夜过的好处，这首组诗，就诞生在秦岭弯弯曲曲的隧道中。

补大雪之记

上班，下班
上楼，下楼
上车，下车
重复了365遍之后
人生，就又前进了一步
重复了365遍之后
人生，就能前进一步吗？
我在白花花的午后三点
突然感觉
高原，阳光
或若有所思

古人提醒我
大雪已过
该腌肉了

明年的收成好与不好

人们都充满期待

2021 年 12 月 10 日

这首诗写于农历辛丑年大雪刚过的第三天，本来没想在这个时间发表，因为过几天就是元旦了，可以当作跨年的礼物。但我没忍住，在二两白酒的怂恿下，把本该足月出生的诗，给弄早产了。

宽窄

身处逆境的时候
尽量往宽处想
人生只要不逆天
就没有哪一道坎儿
是过不去的

春风得意的时候
也不要忘了狭窄和拥挤
没有哪一位英雄好汉
在历史的刻度尺上
能从头到尾高大

成都，都成
我走遍你的大街小巷
发现所有的人生精妙
都在这两条巷子里

修成了正果

当然还有一种智慧
是在微醺的状态下
爬上九月的屋顶
花正好，茶正香
可以和夜色，慢慢倾诉

2021年9月3日初稿
2021年11月28日修改

成都是个好地方。

很多人都这样认为，我也这样认为。这首《宽窄》，就是写给成都的，写给成都的宽窄巷子，写给巷子里的大把时光。其实成都的好，或成都的美，可绝不止这两条巷子。之所以单独提到这里，是因为宽和窄，代表了成都的某种文化特质。

比如，她是个懂哲学的地方。

这句话是我说的，也是我的真实感受。古老与现代、南方与北方、繁华与质朴、悠闲与奋进、浪漫与传统、包容与独特、民族与国际、吃的与玩的……在这个城市里，都能找到自己的合适位置，而且还那么自然，这是很不容易的。

这首诗的诞生，要感谢几位年轻人，他们都是成都的忠实粉丝，我是他们的跟班粉丝。一个秋日的夜晚，暖风还没有褪去，天空中衬着层薄薄的云，他们领我登上了一户民居的屋顶。那屋顶上好惬意哟，几把竹椅围着一张桌子，几束激光来回地拨弄楼群。

夜色阑珊，在那里，我们，可以聊天，可以喝茶，可以发呆。当然了，还可以写诗，但和夜色相比，诗明显矮了一头。

所以我的《宽窄》，只是一种邀请，去看看成都的夜色吧，在秋意正浓的时候。

熟悉

这是我熟悉的北国
博大而厚重
每一片金黄的叶子
都住着童年的我
太阳升起来了
静若处子
我想拉开窗户
把她抱进来
这个橘黄色的清晨
适合与收音机
一起
收纳古老的时光

人间有些感觉
就算已经遥远
也不能慢待

2021年10月30日

晨起，无风，睡意已消，阳光柔软，窗前的空地不是很大，但却塞满了浓浓秋意……我站在窗前，感觉外面的景色，就像一幅画。苏轼说：味摩诘之诗，诗中有画；观摩诘之画，画中有诗。王摩诘的诗，对我来说是个神一般的存在。王摩诘的画，我至今也没有见过。但每次想起他，由诗及人，心里都暖暖的，因为他，是那个时代的惊艳。

秋阅

一辆自行车
停在树下
就像一个老北京
停在吆喝里

叮铃铃，叮铃铃
银杏的叶子
和铃声，到底哪一个
更清脆呢？

想说的话
好像还有很多
但在你的宁静里
语言已无能为力

为什么近来

总喜欢怀旧呢
我不老，我只是用心
温暖了半座雪山

我信，在阳光下
谁的喜怒哀乐
都挡不住秋风
把地上的叶子带走

2021 年 10 月 30 日

最近，我读了一篇文章《如何避免诗歌写作的仿写或抄袭》，作者叫重庆子衣，我不认识。但他有一个观点，建议找自己喜欢的美图来创作，并将其作为重要的创作源，我很认同，自己也经常这样做。

他说（原话）：遇到自己喜欢的诗意美图，你对这幅画，总有自己的理解或感悟，沉浸其中，结合自己的心境，那就完全可创作出真正属于你自己的独特作品了。至于你将这美图的思想内涵挖掘得怎么样，那得看你思考的深度和你写作的功底。

循重庆子衣的创作理论，我今天又实践了一把。滴滴集团的一位美女负责人，在朋友圈发了一张图片《金秋》，谁拍的我也不知道，总之很有感觉。地点应该是北京，一个街心花园，一片银杏林，一地金黄叶，一辆老式自行车，停在树下，没有人，只有秋色无边……

关山万里路，拔剑长歌起。一千个人的心中，有一千种秋色。好了，就此打住，想说的话，都在诗里。

势

一说起大豆的事儿
我就想起了土地
水汪汪、黑亮亮
在夕阳的注视下
经不起任何一声呼唤
老牛喜作黄昏颂
有人说你可能错了
我说你能不能
把光阴的百会穴
再点一下

何为对？何为错？
再过五百年
连日月星辰
都可能重新排列
谁还敢拍着胸脯

说天下大同了呢
老牛赶着土地
叫顺势而为
势，在心中
也在脚下

2021年10月29日

因为农业补贴的事，和一个老朋友电话聊天，他说到了大豆，中国每年都有大量进口，刚需强劲。他说你对这个应该很熟吧，其实我根本不熟，他嘴里所谓的熟，是因为我们小时候，经常一起去大豆地里打闹。

我有一个长辈，忠厚老实，勤俭持家，是种植大豆的高手，那时我们经常去他家里玩。他对土地的感情特别深，浓烈而深沉。现在，他已和阳光、土地融为一体，包括那头憨厚的老牛。我知道，我们所有人，最终都会像他一样，成为大地的忠实奴仆。

老人家平时话不多，但每说一句，都让人印象深刻。记得有一次，他对家人的农活不太满意，就有点生气地说："可别慢待土地，你慢待她，她就慢待你。"不知怎的，突然想起了他老人家，想起了他的大豆，想起了他关于土地的话。

想起春天的事

在秋天里
想起春天的事
窗前便飘来一缕花香
冬天扬起晶莹
慢慢地说
那我呢?
是呀
人间有些冷
是绕不过去的

四季就是四季
春夏秋冬
坚定而有力
我站在时光的入海口
等着明天
有渔火点亮

2021年10月25日

早晨起来，拉开窗帘，首先映入眼帘的，是一位物业人员，左手拎着一个水桶，右手拿着一把刷子，在往树上刷一种白色的汁液。我不知道他在干什么，但我知道他比我起得早。

人生无巧不成书。在我洗漱完下楼吃饭的时候，竟然和那位大哥迎面相遇，他左手还拎着那个水桶，右手还拿着那把刷子。

我问他：你刷这个东西做什么用？

他说：保暖，防虫。

我又问：这还能保暖？

他说：这是石灰，里面放着药，刷在树干底部，能防风保暖，还能防止虫咬。

我说：管用吗？

他说：没准儿，有的效果好，有的差一点儿。到了该做的时候，我们就做。

到了该做的时候，我们就做。这位大哥好睿智，真是哲理在民间。林语堂说过一段话：不管走到生命的哪一个阶段，都应该喜欢那一阶段时光，完成那一阶段该完成的职责。

他们两个（总有种穿越的感觉），说得都很好，我都喜欢，且佩服。为了表示敬意，我给那位物业大哥，写了这首《想起春天的事》，代表那些树，也代表自己。至于林语堂先生，他不会在乎我这点小喜欢的，愿他的文字，能枝繁叶茂，继续感染更多的人。

这场雪

——贺乔辉新书《最高的雪》出版

我想趁这场雪
还没有到来
给越来越重的天色
一个善意的支撑
最高的雪
不适合于低处
你裸露的白发
是激情
慢慢退潮的暗示吗？
苍老已不可避免
我在他乡
能听得见，掌声
在奋力地奔跑
一场雪的降临
比一首诗的告白

要隆重多少呢?
你笑而不答
人生不过如此
三十多年了
你桀骜如初

雪落心河
可能化
也可能不化
我在大雾奔腾的河边
等着你的琴声
大举入侵

2021 年 10 月 22 日

乔辉是我的同学，也是聚会时的冤家。

这是我看到的他的第二本诗集，相比而言，这个比较高大上，师出作家出版社，孙卓章老先生题写书名。他的第一本诗集叫《我的诗》，应该是2002年左右开印的，大16开，塑料皮，没有书号，属于非法出版物。

乔辉年轻的时候，绝对是个才子，学习好、会写诗、书法棒、能喝酒、爱打架……他的这些特长，我都有人证物证。毕业之后，因为那时通讯不发达，我们中断联系很久。后来我到呼和浩特工作，在一个城市住着，才经常携手浪迹。

经过几十年的打拼，乔辉终于在生意场上有所斩获，触角伸到了香港，办公室堪比放映厅，茶桌上摆着的，都是上了“岁数”的酒。但说句实在话，我更喜欢的，还是他油腻腻地拉着我的手，说再买一瓶啤酒行不？在很多人的印象里，乔辉是个豪气冲天的人，其实他的心很脆，一首不经意的老歌，就可能让他的心，回到白马少年。

《最高的雪》有序，叫《有诗为证》，我认真地看了，是他的心路历程，艰辛、苦涩、乐观、顽强，也略带苍凉。记得有这样一句话：我手写我心。乔辉的诗，最大之特点，就是像脚印一样，跟着他的心。只要你了解这个人，随便看哪一首，都能猜出大概属于什么时候。

在我看来，《最高的雪》是乔辉上半生的精华所在。作为老朋友，这点干涩的想法，就是大海里的一朵浪花，吊吊胃口而已。以后有时间，我会慢慢地，一首一首地，把诗集读完。因为我一直觉得，诗里的乔辉，还是少年，我喜欢。

变局之思

前不见古人
后不见来者
我在古今之间的缝隙里
看到一缕光
在慢慢地长大
大地深处的果实
如果想成为宇宙
感到阵痛的
首先是众生
然后还是众生

一个时代的火热
照在谁身上
都温暖而细腻
所以我
想登上东山之巅

向着风起的方向
作一回少年
将来的事
我们可能决定不了
但此刻，需要前行

2021年10月23日

现在全社会，尤其是体制内的人，会经常听到这样一段话：要胸怀两个大局，一个是中华民族伟大复兴的战略全局，一个是世界百年未有之大变局，这是我们谋划工作的基本出发点。

最近在参加培训，各种各样的课，交汇最多的背景描述，就是两个大局。有些搞形势分析的专家，还把政治、经济、军事、社会等因素综合起来，从国内、国外、历史、未来等多个侧面，分析两个大局提出的必然性。

世界很大，也很小，有人说我们生活的地方，叫地球村。一个村子里的人，老死不相往来，可能吗？不可能！所以两个大局，是相互关联的。前一个大局的实现，必然产生第二个大局。第二个大局的成色，取决于前一个大局的进展。我们期待着。

前几天，即10月21日，美国、法国等少数国家在第76届联合国大会第三委员会审议人权问题时，对中国发起无端指责，中国常驻联合国代表张军当场予以严厉驳斥、坚决拒绝，有80多个国家呼应中方立场。

中美在国际场合的“硬碰硬”，已经不是第一次了，过去还遮遮掩掩，现在已经直说明挑。这充分表明，第一个大局的实现，绝不会轻轻松松，会遇到各种各样的挑战。你愿意，是这样，不愿意，也是这样。所以我们，不要掩耳盗铃，只有勇敢地面对，才是正路。

我写这首诗，是在网购一本书《果壳中的宇宙》(《the Universe in a Nutshell》)之后，史蒂芬·霍金关于黑洞、暴胀、时间旅行等前沿概念的思考，让我的心绪超过了“沸点”。人在困惑的时候，可以剥开一枚果壳，不可修复的宇宙味道，会告诉你：将来的事，我们可能决定不了，但此刻，需要前行。

是呀，前行吧，我们没有选择。

给嫦娥

——兼致神13飞天成功

请原谅我的过门不入
在离你不远的夜空深处
还有一个驿站
等着敲门声响起
对有家难回的你来说
晨起梳妆
故人路过
都一样的充满惊喜
在海潮般拥挤的赞美面前
我的心愿其实很小
月亮，能常圆吗？

一箭穿心！
长长的地平线
比国人的心弦还有劲儿

一个民族的雄健梦想
是让寂寞
不再寂寞

2021年10月16日

今日凌晨零时23分许，长征2号F运载火箭在酒泉卫星发射中心点火起飞，托举载有翟志刚、王亚平、叶光富3名航天员的神舟13号载人飞船进入太空并与核心舱完成全自主径向交会对接。

这是一件大喜事！应该写点东西留个纪念，记得国际空间站建设初期，我国曾想加入进去，但被美国无情地拒绝了。在傲慢和白眼面前，我们懂了，靠谁，都不如靠自己。

这也是一件严肃的事，但我们的新闻工作者，却采用了很多诗意的表达方式。给我印象最深的，是两张图片。一张，是火箭和月亮的同框照。一张，是火箭划破夜空直指苍穹的适时照。

从昨天到现在，我一直在想，如果我是嫦娥，看着来自家乡的神舟，匆匆地从门前走过，会是什么样的感受。我的这首诗，就是从这个角度切入的，声明一下，此前，我并没有征求嫦娥的意见。

每次说起月亮，我都会想起两首诗词，一首是苏东坡的《水调歌头·明月几时有》，其中“人有悲欢离合，月有阴晴圆缺”的“圆”，被我借来了；一首是毛泽东同志的《蝶恋花·答李淑一》，其中“寂寞嫦娥舒广袖”的“寂寞”，也被我借来了。

再次声明一下，此前，我也没有征求两位大人物的意见。但我相信，如果他们看到了今日中国的巨大变化，一定会无比欣慰，一定不会怪罪我的自作主张。因为我们，走的是正道，一条大多数中国人都认同的康庄大道。

大白杨

土是土了点儿
但撑开的枝叶
已足以让天际
感觉到风起
北国的最大诱惑
就是当秋天来临时
可以驱一万匹马
到天上去放牧

自古逢秋悲寂寥
我言秋日胜春朝
现在我手里有千百只鹤
在等着碧霄放行
一片叶子飞过来
它说秋风想提醒我

今天的云
是不是有点浓

我说，今天
我只关心翅膀
不关心飞翔

2021 年 10 月 13 日

有一首歌叫《小白杨》，那是一首耳熟能详的军旅歌曲，讲述的故事发生在新疆。我写的是大白杨，它们像一排哨兵，站在某知名学院守信楼的门前。那天早晨散步，我发现在深秋的天空下，它们的身影有点天不怕地不怕，勇士一般注视着远方。

它们还是一排树吗？不，它们已化作一种精神！

从大白杨身边走过的时候，我忍不住拿出手机，与它们合了一张影。四年前我来过这里，但那时没多少感觉，看来有没有人关注，并不影响大白杨的昂首前行。树如此，人如此，事亦如此。

秋高气爽，风清日暖，又想起了那首诗，唐代刘禹锡的《秋词二首·其一》：自古逢秋悲寂寥，我言秋日胜春朝。晴空一鹤排云上，便引诗情到碧霄。这是一首很励志的诗，其实励不励志，都是面上的东西，一个人的根本，是修身、强智、养心。

也许错

1

你可能认为你已经看懂了
但在其他人看来
你还蒙在鼓里
你可能认为你还没有看懂
但在其他人看来
你已游刃有余
其实我们每个人
都活在自己的逻辑里

2

人生只能向前
因为过去的大门
已经被关上
最近我越来越觉得
能俯视自己的人
都有大智慧

3

好羡慕那些慢下来的人
每一支画笔
都蘸满了从容
别人的评说
终究是别人的
人生的底色
要靠自己去打

4

大格局的人
不会掉进小水坑
因为即使站在悬崖边上
他也不会斤斤计较
天色已晚
我想迎着大雪
跟夜色拥抱一下

5

大地不会轻易发怒
要是怒了
肯定有天道
被戏弄过
有时身边的鸡毛蒜皮
也能吃人
所以智者
会选择跳出去

6

如果火候还没有到
就急着窑变
那最后烧出来的
一定是个怪胎
我很佩服那些“永远正确”
脸都被自己打熟了
眼睛却还在
往树尖上爬

2021 年 10 月 6 日

人上一百，千奇百怪。林子大了，什么鸟都有。这两句话是俗语，但其揭示的哲理，却一点也不俗。人在江湖，或江湖之外，都要学点总结。所谓总结，也就是对人生进行回顾，哪些事做对了，哪些路走错了，对的坚持错的改，也算是每日三省吾身吧。

无需题目

睹物思人
不想说话
秋风，请慢些走

也曾风华正茂
也曾纵横捭阖
也曾，独对江河

一把火
一个人
一生，就此落幕

但愿那条发布
是青烟一缕
人间，有弦音又起

一切都不可逆转
一切都归于平静
若有志，趁当年

再大的风
都会臣服于泥土
古来，都是一瞬

2021 年 8 月 29 日

2021 年 8 月 28 日上午，我收到一条短信，说税务总局老局长金人庆同志，后去财政部当了部长，因家中失火受伤而去世。我的第一反应是惊讶，可能吗？

2001 年的时候，我在税务总局挂职，办公室就在金局长办公室的西侧，只隔 3 个房间，几乎每天都能看见他。记得老局长很喜欢音乐，每年的新春音乐会他都要亲自参加。

那时我还有一个任务，就是协助编辑组的某领导帮金局长校对书稿，好像是“依法治税”那部分，时间太久了有点记不清。那本书就是后来由人民出版社出版的《中国当代税收要论》，金局长还给我们签了名。

他在税务总局主政期间，提出了“1+3”工作思路，即税收经济观，依法治税、从严治队、科技加管理工作思路。因为参加过书稿的校对，所以印象特别深，后来几次参加竞岗考试，都会自觉不自觉地用上这些内容。

今天没事儿，把金局长的签名书翻了出来，睹物思人，心生感慨，时间已经过去20年，曾经的人和事又扑面而来。为了表达对老领导的哀思，就信马由缰似的，想到哪写到哪，没有什么条理，所以起名叫《无需题目》。

意想不到

扬长而去的大力神
并没有留下神的慈悲
划过天空的两个黑点
落到哪里
都是罪恶的绽放
喀布尔机场的跑道很长
但怎么加速
也看不到希望
20年，是对是错
政客们的演讲
已变了味道
假如华盛顿能够猜到
这个无法下咽的结局
他们还会撤军吗？
在巨大的问号面前
还没等白宫开口

塔利班就抢答了

在人类历史的拐弯处
有一种意想不到
叫阿富汗

2021年8月19日

这几天国际上的热闹事儿不少，但最热闹的莫过于阿富汗局势了。先是美国匆忙、决绝、惶恐地大撤军，结束了在阿富汗20年的军事存在；然后是塔利班攻城略地，如入无人之境，几天之内就把首都给拿下了；接着就是阿富汗总统加尼出走第三国，丢下了让人怎么也看不懂的军队和政府，国内一片混乱。

给我印象最深的是一段视频，乱哄哄的喀布尔国际机场，一架美国军用运输机慢慢滑行，两侧跟着一大群想登机离开的当地民众。这也太夸张了吧，看着他们慌乱的表情，感觉拥有一个强大的祖国，真好！

可能是恐惧战胜了理智，一些人竟然钻进了起落架舱室，飞机起飞不久就被抛了出来。湛蓝的天空上，有两个黑影急速坠落，结局是不可避免的，可痛苦的反思，才刚刚开始。从2001到2021，两代人都过去了，美国人也不是不努力，可为什么阿富汗政府的溃败“比预期要快得多”。

阿富汗是个小国加穷国，塔利班也没有三头六臂，但他们却成功扮演了“帝国坟场”的角色。当年苏联在撤出阿富汗不久就解体了，美国现在自称世界霸主，但这种夹着尾巴撤离的狼狈相，确实有点颜面扫地。

在阿富汗局势这个烫手山芋上，我不想评判谁对谁错，那是国际问题专家的事儿。我只想提一个问题：今天的阿富汗、当年的巴尔干，都不是什么举足轻重的腕儿，为什么总是比泥沼还泥沼。

因为百思不得其解，因为有话想说，因为感恩祖国，所以才有了这首《意想不到》。假如某一天，有人找到了答案，请告诉我，我会接着写一首诗，就叫《明白了》。

七夕就是七夕

1

今夜王母的脸色
比乌云还要乌云
那为什么还要庆祝呢？
我问那些欢快的歌
那些欢快的歌
都在忙着狩猎
孩子们的事
属于孩子
我只希望下一个轮回
少些悔恨

2

下凡是一个错
相爱是一个错
喜鹊们聚到一起

翅膀煽出来的
是将错就错
中国古人的悲悯情怀
落到地上
就点亮了万家灯火
我捧起一盏
只为了
温暖自己

3

对不起
我辜负了节日的喜庆
没准儿多年以后
你会在某个夜晚
或一曲琴声里
想起这个午后
以及午后突然升起的
那个彩虹
庐山烟雨浙江潮

苏轼的七夕之夜
也这样深不可测吗?
我不知道
现在需要的
是好好睡觉

4

已经好久没喝啤酒了
刚一打开
成熟的味道
便冒了出来
泡沫虽然不可饶恕
但真相
在连天的野草面前
也不能半推半就
七夕就是七夕
与伟大无关
我再说一遍
七夕就是七夕

与伟大无关

2021年8月14日

像我这个年龄段的人，无论什么原因，谈论七夕都是一件没调儿的事。可我不但谈了，还一谈就是两三年，每每想起这些，连自己都感觉不可思议。

2019年8月9日，也是七夕，我当时也写了一首诗，叫《七夕之后》，其中我最喜欢的一段话是：面对着熙熙攘攘的恩爱，我只想说，要爱，就好好地爱吧，与节日无关。

话题再回到今天的这首组诗，其实“七夕观”并没有什么根本改变：我再说一遍，七夕就是七夕，与伟大无关。当年，因为我剑走偏锋，曾经挨了不少骂。估计今年，在灯红酒绿的喜庆氛围里，我再把这首诗推出来，肯定又满脑袋是包。

所以我做了些技术处理，推迟一天再发，避避风头。都这个年龄了，观点不想改变也不会改变：七夕，就是一个古老的神话故事，别把它搞得云山雾罩。

未来：胸膛之上

大卫•妮尔是位神话般的传奇人物，法国著名东方学家、汉学家、探险家、藏学家。了解她是因为她的心血之作《一个巴黎女子的拉萨历险记》，本书记录了她在55岁那年乔装探险的艰辛经历，那些故事、那些风景、那些感悟已经玉化为珍贵的历史记忆。“无论忍受怎样的磨难，我都绝不肯停留，如果没有力气站立就跪着走。”这是大卫•妮尔说过的一句话，很佩服她的坚持坚韧坚决，她让我们对西藏、对历史、对人生都有了新的理解。

以大卫·妮尔的名义

1

我应该死在羌塘
死在西藏的大湖之畔
或茫茫无际的神秘草原
这样的死去多么美好
这样的重生有彩虹相伴

山巅之上的大卫·妮尔
每一句话都饱含救赎

2

比雪山更为神奇的
不是更高、更远的雪山
而是雪山怀中
默默走过的修道者

他们的头顶长满森林
他们的心中洞穴密布
斜挎在肩上的黄缎子哟
每抖一下，都有花瓣飘落

3

我不认为自己是失败者
我的人生信条告诉我
不能接受任何形式的失败

哪怕目标已朦朦胧胧
哪怕心中满是怨恨与气恼
哪怕雪国的天空冷若刀剑

没有这种精神
枉为巴黎的女子
也不配去拉萨流浪

4

如果乌云抱成一团
巍然屹立的山峰
就会变成魔鬼

暴风雪张开大嘴
头昏脑涨的小船
不知道该向哪里去

没有九死一生的经历
可轻易不要说自己
到过喇嘛世界的罗马

（大卫•妮尔习惯性地把拉萨称为喇嘛世界的罗马。）

5

该做的一切都做了
灌木丛可以作证
忧郁的山谷只是忧郁

它暂时还不会气馁
浅蓝色的光注入碗中
饮下，就意味着出发

凄凉的想法一闪而过
此刻，我必须让自己强大起来
就像一千只豹子
严阵以待

6

夜色如墨
翻过这座山
就能看见灯火
在列队相迎
冰川的舌头伸到哪里
高原的威严就展示到哪里
长满青苔的石像
已经很久不说话了
明早的晨光正好

为接下来的开悟践行

行走的人们常说
西藏不是理由
西藏是一种诱惑

7
狗的吠声有点勉强
我像一名“良家女子”
在夜幕的掩护下快步前行
为了寻求“最高解脱”
我在断裂的河谷深处
与自己交谈了很久

古印度人念念不忘地说
如果天神想要帮你
他会让人入睡
并使狗保持安静

（在古印度文献中，刹帝利种姓的成员为了寻求心灵之“最高解脱”，经常离家出走，主人公往往都是“良家女子”。）

8

孤独会使人变得更加勇敢
羊肠小道的不确定性
让我下决心重新选择
樵夫的歌声连着拉康
再往前走
应该就是朝圣之路

天空在上面
还是在下面
一个古老的声音
从空心树里传出

（拉康是指宝塔或神殿，西藏的一种建筑，相当于印度的窣堵波，用于存放宗教用品或大喇嘛骨灰。）

9

太阳和山峰在赛跑
我们和太阳在赛跑
太阳跑得又高又快
我们跑得又苦又累
悬崖边上的一个转弯
突然间暗了下来
这是慈悲的先祖
在提醒我们吗？

最后的胜利属于神灵
千万个觉巴都这么说

（在西藏，朝圣者被称为“觉巴”，他们大多数是僧侣）

10

还有一座山峰需要跨越
先从谷底攀上去
再从上面滑下来

不同的高度
不同的景色
心情也变幻莫测
这种艰苦的旅行
让我想起了蒙古大草原

双腿和肺活量都在抗议
那又有什么办法呢?
因为远方，有目光闪烁

11

神必胜![1]
山顶上的风
已越来越大
用信念支起的帐篷
在关键时刻
可以容纳生死

---

[1]神必胜：一种胜利的欢呼或祝愿，藏族人在通过山口之道和山顶时喜欢大声呼喊这句话。

落叶随风而起
又箭一般地
冲入悬崖

魔鬼失败了
庸登[2]高声欢呼
我颤栗的身体
变成了另一座山

12

我不怕日出
我怕正襟危坐的月亮
把每一块石头翻遍
然后拥抱远方的梦想
又湿又重的行囊
汇流到内心深处
就是深一脚浅一脚的

[2]庸登：大卫·妮尔的义子，锡金人，后来成为法国公民。

日夜兼程

身心俱疲的时候
如果能有一杯热茶
我将双手合十

13

雷声与鸟声
相安无事地
在同一片空地上
来回走动
我夹在驼队中间
像道慢慢爬行的闪电

是谁给了你
如此超然的力量
大地无语，雪落无声

14

好兄弟，不
哪怕是萍水相逢
你也可以拿出木碗
今天的晚餐我们共用
在高原上生活久了
没有比河谷还宽的胸怀
是待不下去的

水声与风
还在不停地咆哮
南飞的雁阵告诉我
又该出发了

15

地板很亮
经年累月的打磨
有肉汤，有酥油茶
可能还有孩子的尿液

烟火人间的味道
瞬间淹没了我
一个女子用衣襟
捧了些碎肉出来
我马上用穷人的惊喜
把它们全部吃掉

楼下的牛羊在叫
我也心满意足地
想起了青草之事

16
一苇随心渡
一念伴雪眠
能在有限的人生旅途中
走一段自己想走的路
唱一曲自己想唱的歌
真是件快乐的事儿
飞过群山的鹰

不用回首
鲜花和丛林会记得

听，百年风雨已过
那些跋涉的脚印
好像还在轰鸣

17

风扯着旗帜
在空中写下一个“劲”字
虽然现在还不是深秋时节
可倔强的高原之子
已和寒意
打了几个来回

火在哪里？
高悬的月亮在问
江河湖海正在走远
等在前方的
是不屈的灵魂

18

火在燃烧
从头部开始
我的每一根手指
都成了烟囱
十个可爱的婴儿
开始贪婪地
吸食火的乳汁

冰河忽然断裂
我与美好的感觉一起
回到人间

（大卫·妮尔曾和两位西藏修道者学习增加体温的特殊艺术，这让她在冰天雪地里，可以用肉身把浸湿的床单烘干，是为修持。这种场面我没有见过，此诗缘于她的描写和叙述。）

19

梦里一片金黄
在轰隆隆的收割声中
我又回到了天明
昨天的事可有可无
那今天呢
相对于明天而言
今天的事也可有可无
这盛极而衰的桂花哟
落到地上的感觉
就像神在亲吻泥土

隔夜的犬吠断断续续
你们到底是想
告诉我什么呢

20

大雪纷飞之时
就不要想找块儿平地

来晒晒太阳了
真正的智者
知道自己身在何处
知道自己将向何方
知道朝圣者的队伍中
也有贪欲和迷茫

我的帽子压住了我的真诚
可你们却看不出来

21

对雪域的原住民来说
没有什么
比行善积德更能打动他们
帮帮我们吧
看在朝圣不易的份儿上
有一匹马就够了
直到埃尼山的顶峰
那可是波域王的宠妃

等太阳出来的时候
那里的冰川会因为你们的爱
变成千万朵雪莲

22

好想再睡一会儿
安静的山岩
温暖的落叶
洁净的星空
对探险家们来说
这是天堂里的天堂

是呀，心有翼
夫复何求
我们的梦
永远在路上

23

如果能有一朵小花
在夜空中突然绽放
我会把所有的星星和月亮
都请出来
为你十八岁的美丽喝彩

悄悄离去的人们
不一定微不足道
我在蓝天白云的见证下
回想树叶变黄的那一刻
是否有秋风来过

24

您无需对我的离去负责
漫天大雪是前世的注定
能亲身经历这些高山美景
我已经心满意足了

我们活着确实很幸福
那些还在焦虑的人们
祈祷吧，大哭吧
美妙的巴利文诗什么都懂

夜半，他走向悬崖
醒来，他一无所知
伟大的探险之路哟
不能让意外缺席

25

在任何情况下
当你已经使出了最大努力
再过多忧虑就没有意义了
多么振聋发聩的声音呀
所以我睡得很香
所以我醒来之时
太阳已高挂中天

喝一杯酥油茶吧
我好像曾经走进过
百年前的那场风雪

（夜半无眠，继续读书，怀念大卫•妮尔，感叹人生苦短，2022年9月18日凌晨于拉萨疫中。）

26

其实你无需
从雨中走出来
因为那雨
迟早要停

吞风吐雪的日子
也是日子
地球不会因为你的跌倒
而停止转动

太阳在西面的山上

又留下一段记忆
我神圣的使命
不会因此而变老

27

我从哪里来
我要到哪里去
我拥抱过的高山大河
我品尝过的爱恨冷暖
在巴黎的午后阳光里
都恍如隔世了

经历不是矿藏
但没有经历
人类就停止了呼吸
能亲手抚摸高原的璀璨
我感到无比荣幸

28

多少年过去了
我不知道
酥油茶的味道里
是否已加入了新欢
我相信时代会变
但我不相信时代
会从零开始

那些史诗般的大湖哟
我想见证你的神秘变迁

29

别把传说当作美好
各种荒诞离奇的故事
会把脆弱的人性之花
扼杀在摇篮里
我见过的残忍真是太多了
人类变着法儿地折磨人类

还美其名曰神的旨意

神的内心都充满善良
他希望山更青、水更绿
请不要以神的名义
为罪恶寻找借口

30

虽然从江孜到印度
还要翻过很多高山和深谷
虽然亚热带的风
已吹到隔壁门口

任何人都不相信我的眼睛
但我还是感觉收获满满
八个月的穿行像一场梦
庆祝吧，神胜利了！

31

其实也没有什么
无非想出名
无非想发财
无非在得不到的时候
便长出了狗嘴

秋日，恰好
我咬破半个西红柿
鲜红的汁液告诉我
在世界的尽头
看见什么，都是大海

32

人生的道路虽然漫长
但紧要处常常只有几步
按照中国人的说法
我们衣衫褴褛地
爬上了人生的顶峰

站在布达拉宫上远眺
奋斗者的眼中
燃烧着希望之火

高原上有很多聪明人
他们知道在紧要处
要学会咬紧牙关

集外：为了铭记

我今年五十有二，有生之年已经历过两次大的疫情，一次是 2003 年的“非典”，一次是 2020—2022 年的“新冠”，两者都是冠状的，都以人的肺部为主要攻击目标。尤其是后者，时间更长、影响更远、危害更大，我亲身经历了，也被感染了，而且还参与了防控，所以印象极深。《拉萨记“疫”》主要反映 2022 年 8—10 月我在西藏税务主持抗疫工作时的所思所想，当时在单位住了一个多月。《呼市记“疫”》是 2020 年新冠疫情骤起时，我在呼和浩特市家中隔离时的所思所想，距今已三年有余，当然那时的主战场在湖北和武汉。在此还要说明一下，《疫中思》里的文章是散文而不是诗，所以称其为《集外》。

拉萨记“疫”

1

天，空空荡荡
地，一言不发
城，闭上了眼睛
比蟒蛇还粗的街道
漫无目的地
伸向远方

2

有我在，山河
不会变样儿
逆行者最大的底气
是祖国强大
让阴霾早点散去吧
雪山
期待再次被点亮

3

病毒最喜欢热闹
这下，该现出原形了吧
与人类为敌的结果
就是迟早
被扔进粪坑
这一点
我们人类自己
也不要忘记

4

两军对垒
比的就是
谁快，谁狠
谁头脑清醒
晕蛋倒下去了
懒虫倒下去了
病猫倒下去了
笑到最后的
都带着淋漓的汗

5

多好的天
就是不能出去
我们静默于此
其实也是为了守护
让世界更加美好的方式
有很多种
包括花开，也包括
甘当一颗小草

6

每天早晨的新闻发布
都是一次疼痛发作
山与海螺
水与仙草
呜呜作响着
守在世界之外
现在

我的确需要
一次狠狠地治疗

7

谁低下头来
都不如蓝色的赞美诗
低下头来
弯着腰的“大白”
吃盒饭的志愿者
呼啸的救护车
是希望，是明天
是需要赞美的
高原脊梁

8

金顶，无忧
别管疫情有多凶猛
烈烈阳光之下
用不了多久

胜负就会见底
午后，小睡
长时间地凝望窗外
我和白云
都在慢慢地进化

9

那座山，是你
那片云，送你
那些淋淋漓漓的往事
都与你有关
一个不经意的电话
让我突然感觉
人生如雨

10

天空安静了
大地安静了
我的内心深处

已碧波万顷
坚持是我们的
忍耐是我们的
最后的胜利与焦躁
也是我们的
期待着犀利的青铜斩杀
今夜，就开始

11

淘尽黄沙始见金
电闪雷鸣之后
我们才发现
石头，真是石头
据说没有哪一只鹰
是跑着长大的
抖抖身上的羽毛
天空，会更清朗

12

120 刚过，110
就跟着杀了过来
快了，我们有理由相信
病毒的最后一口气
正在火力强大的
静默中
作垂死挣扎

13

从绿到黄
从黄到秃
树叶不会说话
但山知道
突然间走进冬季
是怎样的一种感觉
身体已经很冷了
就不要让心
再流落荒原

14

国旗高高飘扬
心头洪波涌起
这么美的夕阳
这么美的群山
这么美的高原
……
我不相信人类
会栽在病毒手里

妈妈，你在哪里呀
一个孩子的稚嫩呼唤
把这个世界
唤醒了

15

一颗吃不了的鸡蛋
被我埋进土里

它会破壳而出吗？
君子兰的种子
也已孕育多时
面对着群山莽莽
我不想多说
就像我从未指望
有一只小鸡
在花下觅食

16

假如有一天早晨醒来
你发现初升的太阳
在地平线上被卡住了
你会做什么呢？

我好像什么也做不了
我不是夸父
我不是后羿
我也不想胡说八道

就这样耗着吧
跟病毒，跟自己
跟乱哄哄的世间
除此，还能怎样呢

（壬寅秋岁，一场疫情，把西藏，把拉萨，推到了风口浪尖……）

17
接了一晚上电话
扯得辨别力
有点疼

某些奇葩的想法呀
能让黑夜
再黑八度

（一场疫情，就像一场大雨，让某些管理者的本性，暴露出来了。工作没思路、遇事没办法、有难不敢当，试问，要你干啥？）

18

一过午后
拉萨的太阳就开始放假
我趁机下来走走
大片大片的黄叶落到地上
谁忍心去踩呢？
除了挥之不去的疫情

大街上还是鲜有车马
秋天确实来了
我睁大眼睛
等着月光降临

（2022 年 8 月，拉萨的新冠肺炎疫情很严重，各单位各小区均实行静默管理。我在单位值班期间，总在云层较厚的时候出来走走，落叶，已开始大规模飘落。）

19

下吧，下吧
这期待已久的雨
把所有的莫名其妙
都冲刷干净

午夜的雷声
带着隔世的神秘
把一大片山峦
都唤醒了

（2022年9月1日深夜，拉萨夜雨如注，雷声滚滚。因疫情不止而在单位带班，且刚刚处理完一件非常棘手的事，感觉没有睡意，闲记此篇。）

20

雨来得快
去得也快

像一阵风
把烦恼给说服了

来吧，来吧
地震、寒冷、疫情……
以及各种精致的小心思
我都能吞下

（二〇二二年八九月间，川藏地区相继遭受新冠肺炎疫情、大风降温和地震灾害等影响，为了保一方平安，各地区各部门的主要负责人都压力山大。）

21

山的头发都白了
病毒还不撤退吗？
高原的风推开窗子
千万颗雄心壮志
都站在路口
等着 24 小时核酸结果呢

人间的事
要在人间瓜熟蒂落
不要推到天上去

（因新冠肺炎疫情肆虐，拉萨“足不出户”政策已一月有余，民众抱怨声日涨。近日又有一新规出台，上街办事除通行证外，还需有24小时核酸阴性证明。可大多数核酸采集点的结果，24小时根本出不来，不知政策制定部门是怎么想的。）

22

从8月8日到10月18日
我一直在床上躺着
躺着看你们发布的
各种好消息
好消息真是太多了
大街上空空荡荡

它们可以肆无忌惮地
来回走动

可是我想知道
烟火人间的日子
什么时候回来

（始于 2022 年 8 月的新冠肺炎疫情，拖拖拉拉地防控到了 10 月中下旬，期间所有的生产生活基本都停止了。人是会思考的高级动物，这样长期“关禁闭”怎么行，期待“解封”的日子早日到来。）

呼市记“疫”

1

来势汹汹，可怕的氛围
在隐姓埋名 17 年之后
又卷土重来
尖利的牙齿
把长江腰部的那块玉
咬得鲜血直流
这疼
全国人民都感受到了
从南到北，从东到西
回家的潮水正汹涌澎湃
我不知该用何种心情
来迎接鼠年的这个春节

屈指算来，英雄的人类
已走过二三百万年长路

可在狰狞的野味面前
依然表现得不堪一击
今夜不用蝙蝠护驾
我要自己挥动翅膀
从温暖钻进寒冷
请那些不识时务的病毒
赶紧缴械投降
决心和美丽不可阻挡
小心逃得晚了
春风，将横扫一切

（新冠肺炎疫情初起，距2003年“非典”肆虐恰好17年。有人怀疑病毒来自于蝙蝠，是人类吃野味所致，但后来并未证实。）

2020年1月23日

2

还能干啥，除了关注
我已把自己

打包送给了一日三餐
手机好想多休息一会儿
它唇红齿白的日子
已被戳成无数个小洞
每个洞口的内部
都藏着焦急与期盼

今晨大雾，推开窗子
一股冷飕飕的风
告诉我世界卫生组织
已把中国，升格为武汉
于是某些人又想骂娘了
其实没有必要
全力以赴把病毒按住
魔鬼自然会败下阵来

庚子鼠年的这个春节哟
刚一进门，就被口罩
给捂得蒙头转向

看来做一个普通人
过平平凡凡的日子
是最幸福的
窗前的绿叶又发新芽
今年的春天，已出发了吗

2020年1月31日

3

确诊病例都过万了
还不急？不急！
急也没用
在这个节骨眼儿上
要想成为赢家
那得看谁，更能耗
病毒的招数也就这么多了
它兴风作浪的窗口
都来自于贪婪
疑问和无奈丛生
恐惧与抱怨难平

未来有足够的时间
让我们梳理一切
该谁扛起的旗帜
谁若麻木不仁
谁就是历史的罪人
此刻我们最应该做的
是站在同一条船上
手拉手，肩并肩
把昔日的荣光找回

对苦难的中华民族而言
瘟疫也是一种动力
在波涛滚滚的洪流中
谁是真金，谁是石子
真相掩盖不了
好在春天已经出发
那些姹紫嫣红的美景
正在路上，我们深信

2020 年 2 月 1 日

4

雾霾并没有散去
恐惧也看不到尽头
与阴险狡诈的病毒相比
我就像一头史前巨兽
在灰蒙蒙的大街上
呼哧呼哧地寻找理解
钟馗的长剑现在哪里？
天边的飓风何时能醒？
站在无精打采的路灯下
我的疑问全掉进了水里
你为什么不能像个男人
张开大海般的胸膛
把所有的疑问连根拔起
这是我想问的
也是你必须答的

如果手中没有星辰

就不要说照亮什么
如果天上没有太阳
就不要逼着花草发芽
现在我确实有点闷
想听一首关于绿色的歌

2020年2月2日

5

假如天空不想说话
那我能不能代表鸟儿
用跟风者听不懂的清脆
开启一个新的黎明
病毒的集结不用召唤
就像仇恨的滋生
永远都抢先半步
本是一场抗击疫情的战争
却忽然发现有很多蛇信
在战士的身后吞吞吐吐

假如再过一段时间
天空豁然晴朗起来
不知那些万能的“良知”
该怎样面对曾经的“睿智”
路边的积雪正在消融
我抬起头，看见阳光在飞

2020 年 2 月 3 日

6

人会撒谎
但病毒不会
趾高气扬的疫情曲线
总是让人心跳加速
那些埋得很深的想法
也需要隔离

拐点在哪?
拐点需要我们所有人
用劲儿，把数字拉下来

别以为自己会超然物外
这世界是大家的
一旦塌了，谁也跑不掉

不经一番寒彻骨
怎得梅花扑鼻香
别小看闲居的每一天
我们现在需要做的
就是整体进入慢镜头
用全民族的团结与自律
把该死的病毒制服

有些人还是纠结于
这事儿到底怪谁
其实大敌当前
先把局面控制住
比什么都重要
急啥？白的黑不了
黑的也白不了

骂娘可以
但不要把骂娘，当成本事
造谣不行
造谣者挖出的坑，要自己跳
不要看什么都不顺眼
如果自己亲手试试
可能想法就变了

东方欲晓
失陷的河山
又红了几分
我真想捧起一场大雪
给庚子年来个冷水浴
据说前方已吹响号角
战斗吧，厮杀吧

不在沉默中爆发
就在沉默中死亡

2020 年 2 月 6 日

7

今宵月圆，因你
千万双洁白的翅膀
要在污渍前列阵

我真想守护好这片宁静
包括从汤圆里流出的
都是春光一片

是谁？最先纵容了你
我并不知道，我只知道
你咬人的嘴，好狠！

这注定是一个被压扁的夜
没有谁可以轻松地走过
除了谎言，和你

这场游戏也该结束了吧
我说病毒君，接下来

要捋捋你的前世今生了

2020年2月8日

8

点燃一根烟吧，让夜色
在窗外继续滑行一会儿
用不了多久，黎明
将接管所有的黑暗与困惑
当然，期待着快点被照亮的
还有千万双焦急的眼睛
人心不是浮云，早早晚晚
它都会落地生根
在这个匍匐前行的春季
我希望自己，能站直了
说几句清清爽爽的话
这世界好大，可有些地方
却让人喘不过气来

今天的疫情和过去的疫情

是同根同源的兄弟吗？
我小心翼翼地打开手机
怕忽闪忽闪的数字下面
有一颗雷，忽然引爆

2020年2月16日

9

人民才是真正的英雄！
如果这话
被千千万万的普通人
从牌匾上请下来
变成自己心中的神
那这个民族
将势不可挡
疫情似火
我看见数不清的逆行者
把个人的眼泪
藏在了防护服下面

不知这么大的火气
都从何而来
我在一个长满獠牙的泳池
看见很多冰冷的唇
在水下吹泡泡
凌驾于众生之上的眼睛哟
不要总盯着太阳起落
那些花草的命运
也是命运
它们一旦长大成人
也能遮天蔽日

鹤立鸡群
是鹤的一种荣耀
鸡群也不要看不惯
不是东风压倒西风
就是西风压倒东风
作为一棵四季常青的松柏
就别管那些已经沤烂的事儿了

只要脚下的泥土还在
就要守着大山的灵魂
等冬去春来
再放飞所有的翅膀

愤怒出诗人，愤怒
有时也养育疯子
大敌当前，千万别把自己
放任成一颗子弹

2020年2月16日

10

西风含泪，我在
硝烟跪倒的战场
好想坐下来，与夕阳
默默地对视一会儿
源自黑夜的狼
盯在谁的身上
都钻心地疼

我希望这个春天
谁都有花香滋润

灾难已经起飞
在它巨大的魔掌下
人类的惊慌失措
换不来半点同情
既然这样
那就手挽手
用同一声呐喊
把我们的明天
揽进怀中

2020 年 3 月 23 日夜

11

与山野精灵们相比
我们人类
撒野的次数要更多一些
所以今后

再有狭路相逢的机会
请把张大的嘴
抬高半寸

风来，势起
每一次寒潮的碾压
都与过分有关
恐惧的哨声再次吹响
我想警告那些无所谓的
并不是每次
都有重生的机会

2020年2月25日

疫中思

（一）思考

又好几天没有写东西了，尤其是关于疫情方面的，不过我倒希望自己的《疫情日记》能就此结束，这半封闭半隔离的日子实在是不好过。如果从1月23日武汉“封城”开始，到今天已经整整过去25天，也就是说再有3天，两个病毒“潜伏期”都过去了。不过看现在的疫情实时动态，数据还是喜忧参半，一方面有向好的迹象，一方面存量还有很多。这说明对疫情的初期情况，特别是武汉市的初期情况，我们掌握得不够彻底，应对得不够及时。大量的潜伏感染者和确诊病例并没有被集中收治，在社会上形成了放射性传播，所以现在的压力才这么大。

过去这一周时间，尤其是2月13日，围绕着疫情防控和湖北政坛，有很多大事发生。这一天，先是国家卫健委发布消息，2月12日0—24时，31个省（自治区、直辖市）和新疆生产建设兵团报告新增确诊病例15152例（含湖北临床诊断病例 13332 例），请注意数字的变化，其前一天的全国新增确诊病例数是 2015 例。相信很多一大早就打开手机的人会和我一样，被惊到了，怎么突然暴增 1.5 万人？是不是统计错了？没有错，统计口径确实有了变化。其实按我的理解，也是对前期武汉市底数不清的一次集中释放。疫情的堰塞湖早已形成，利剑一样高高地悬在头顶，病毒可不管你什么统计口径，只要存在就会传播，早放晚放都得放，就看选在哪个时机了。

接着，也是在 2 月 13 日，新闻媒体宣布：中共中央决定，应勇同志任湖北省委委员、常委、书记，蒋超良同志不再担任湖北省委书记、常委、委员职务。同时换将的，还有疫情的中心武汉市，王忠林同志任湖北省委委员、常委和武汉市委书记，马国强同志不再担任湖北省委副书记、常委、委员和武汉市委书记职务。对于这次湖北的干部调整，有些人早就猜到了，至于是什么原因，那还用问吗？秃头上的虱子，明摆着。估计随着时间的推移，一些问题逐渐浮出水面，可能还有类似的调整会相继跟进。为官不易，为官尽责，乱世须用重典，这没什么可说的，必须面对。

再紧接着，2 月 15 日，新华社又发布消息，2 月 16 日出版的《求是》杂志将发表习近平总书记重要文章《在中央政治局常委会会议研究应对新型冠状病毒肺炎疫情工作时的讲话》。这篇讲话是2月3日讲的，为什么现在要公布出来，而且没有什么删减。如果仔细去看，这篇讲话的信息量是非常大的，有判断，有分析，有布置，有警示，有要求，有疫情防控，有经济发展，方方面面，考虑周全。如果疫情防控没有阶段性成效，或者说前景还不明朗，这篇文章是不会发出来的。同样，如果疫情防控已经进入尾声，经济发展的势头正在抬头，形势一片大好，这篇文章也是不会发出来的。此时和大家见面，一是统一思想，告诉全世界我们的方向是正确的，我们的决心不可动摇。二是提醒警示，疫情发展比当初预计的要严重，影响面也更大，必须打起一百二十分的精神，全力去做，否则将面临追责。

2月13日的两件大事和2月15日的一件大事发生后，我突然想起此前白岩松采访钟南山院士的一段话。白岩松问疫情的拐点什么时候能够出现，院士说现在谈拐点还为时过早，我估计在2月的中下旬会出现疫情顶峰。当时我有点不理解，如果看公布的数据，那时的形势还是不错的，至少没有大幅度的攀升。现在回过头来想，那时钟南山院士早就知道武汉有个疫情堰塞湖，释放的时间应该是2月的中下旬，所以他才那么讲。看来姜还是老的辣，我们把思路顺着这条轨迹推下去，我也大胆地预测一下，堰塞湖只有这一个，如无意外，防控的黎明已经不远了，往后的数据会一天比一天好。

其实仔细分析这走马灯似的三件大事，粗看起来没什么关联，一件一件地自成一体。但如果把事情的发展做前后比对，并与当前的形势结合起来，你可能就会发现，它们之间，有着某种不可分割的内在关联，也有着某种不可明说的发展趋向。当然，全国人民在家里待久了，对网络上的消息极为敏感，稍有风吹草动就会引起全民关注。对于这些国家大事，怎么看的都有，怎么说的都有，但治国理政可不是随便说说，中央层面的安排，肯定是经过深思熟虑的，所以千万不要片面地去理解，或者由着性子品头论足，以免上了坏人的当。我说这话不是危言耸听，逢喜必闹、遇事必骂、见人必嘲的“恨国”党大有人在，如果让这些别有用心的人掌握舆论，我们的国家也就危险了。

我说这些话，绝不是杞人忧天，也不是想让大家松口气，而是呼吁同志们保持一颗平常心，理性科学地面对这次疫情。高手对决的时候，往往就看谁在最后的时候不发蒙，病毒是聪明的，也是无情的，它可不管你现在疲劳不疲劳，只要有机会就会出来作乱。所以，我们还是要按照国家的统一部署，该居家隔离的居家隔离，该出行防护的出行防护，相信科学，相信自己。毛主席曾经写过这样一句诗：宜将剩勇追穷寇，不可沽名学霸王。我感觉用在这个时候很恰当。这场战役，我们必须赢，也一定能赢！

（二）擦亮眼睛

疫情还在继续，但终于看到一些曙光了，非湖北地区的确诊病例已经降到两位数，湖北地区的数据也在发生积极的变化。如果这样坚持下去，再过 10 天左右，相信全国的形势就会发生根本性的逆转，我们期待着，这股“春风”能早日吹来。经过近一个月的强力管控，各个层面都有疲惫和焦躁的情绪出现，这是正常的，用不着大惊小怪，等一切都归于平静，再回过头来看今天的状态，只是生活中的小小浪花而已。希望大家再坚持坚持，按照政府部门的要求，无事不出门，万众一心把疫情压下去，这是正确的选择，也是唯一的选择。

闲来无事，我也经常到网上看看，在一些特定的群体内，怨气好像还很大。有的认为武汉当初对疫情处理不当，所以才有今天的局部爆发。有的认为现在的管控措施过分严格，动不动就拘留人，是权力的滥用。有的认为政府容不下批评意见，删除了一些火药味比较浓的帖子，掉进了“塔西佗陷阱”。网友的这些不满情绪，有其一定的合理性，从强化对政府部门监督的角度出发，应该予以足够重视。我们最终的方向和目标，都是推进国家治理体系和治理能力现代化，这个大共识没有什么问题。

从疫情发生到现在，尤其是1月23日武汉采取封城措施以来，中国政府的管控方向是没有错的。全中国十几亿人，几乎在一夜之间按下了“暂停键”，熟悉社会管理的人都清楚，暂停容易保障难，一个三口之家都会各有各的想法，更何况一国之众，国际卫生组织对我们的评价是非常高的。实事求是地讲，在疫情初期，湖北省和武汉市以及有关专业部门在警觉性方面的确慢了半拍，贻误了把疫情控制到最小范围的大好时机。另外一些不长脑子的人还总是在非常时期搞些“神操作”，如红十字会账务管理不规范，如武汉某区“重症病例”转送衔接不畅等现象。这一系列问题，各方必须承认，而且今后，还应该继续追查，给民众一个交待。

同样，在全国强力管控措施出台后，有的基层单位特别是社区管理方面，也确实存在一些不人性化现象，如重疫情地区有些居民发热但住不进医院，如进出小区时千万人共用一支笔登记，如有的乡村无视法律规定干脆把路挖断，如高速出入口登记效率低造成大面积堵车，等等，这些问题也不容否认，更不能无视。其实中央的决策是正确的，但中国实在是太大了，各个地方千差万别，怎样落实好中央决策就看基层的本事了。管理者想得周全，应对办法多，矛盾和问题就少一些。管理者头脑固化，钝感强烈，就容易引发冲突。应对这些问题的最好办法，就是一层层地压实责任，各级领导干部要开动脑筋，主动想解决办法，想不出就说明你不适合这个岗位，那就该换人了。

工作中存在问题和不足，我们要承认，要改正，要反思，要追责。对待群众的批评和不满，我们要正确对待，要及时回应，而且不能拖。这是各级党政部门的基本功和出发点，不能打半点折扣。但是，如果把这些问题和不足当成刀剑，死缠烂打，信口雌黄，刻意炒作，甚至毫无道德底线地去造谣生事，妄图搞成一个“道德”大审判，那就是另外的性质了。我不是危言耸听，大家去网上看看，有多少谣言被制造出来，有多少帖子在煽动仇恨，有多少行为披着善良的外衣，他们想干什么？在这乱哄哄的舆论场里，有些纯属脑子回路受阻，不加辨析地转发赞同，爱打群架，图个热闹。有些是想表现一下自己，貌似懂点什么，或以知识分子自居，批政府骂体制，好像这就是有水平有担当，跳梁小丑而已。还有的就可怕了，他们基本不冲在第一线，躲在幕后，甚至远在海外，有节奏有重点地推送所谓的“内幕”信息，他们的手段就是煽动和造谣，他们的终极梦想就是出现乱局，我给这类人取个名叫“恨国蛆”，如果不是同种的话，那就得叫“恨中国蛆”。

说到这里，是不是感觉最后这种手法似曾相识，没错，前不久发生的香港之乱，欧洲的乌克兰颜色革命，美洲的委内瑞拉危机，叙利亚内战中的“白头盔”，它们都是同一种病毒，叫做“地缘政治搅动症”，或者“霸权心理忧虑症”。如果还感觉脉络不够清晰，把时间再往远推一些，第二次伊拉克战争，对，就是把萨达姆送进棺材的那次。由头很清晰，美国时任国务卿鲍威尔在联合国发言中拿着一张卫星图片说，我们有足够的证据证明，萨达姆拥有大规模杀伤性武器，再不打不行了，如果他一发疯，中东谁也好不了。那好，大哥，咱们打吧，往死里打，于是飞机大炮坦克导弹就像下饺子一样扔了过去，伊拉克终于被“解放”了，萨达姆终于死了，可最后美国大兵把伊拉克挖了个底朝天，也没有找到大规模杀伤性武器。按照某些“正义之士”的逻辑，死了那么多人，毁了那么多家园，破坏了那么多油田，这该不该追责呀，小布什该不该上绞刑架呀，可你们为什么集体沉默了呢，到现在也没有在网上说一说评一评。

我说这些事，不是故意翻什么陈芝麻烂谷子，而是想做一下比较，那么大的伤亡，没有人去关心，而中国防疫的问题，却一直被高度关注，每天都要过几遍X光机，要都是我们自己的人也就算了，管他什么用心或什么脑回路，只要有助于控制疫情哪怕过点儿头也无所谓。关键是有很多谣言和煽动，来自海外，来自有组织的境内，来自貌似正义的代言人，他们的胃口，可绝不是发发牢骚。我们可以梳理一下，疫情发展到今天，中央在湖北有专门的督导组，卫健委天天公布数据，几万人的支援队伍开赴前线，几天时间就建起一个专科医院，全世界有几个国家能够做到。可有些网民对这些视而不见，专门找些连续剧似的漏洞横挑鼻子竖挑眼，言语之恶毒，世所罕见，落脚点无非只有一个：中国政府无能，他们专门欺负老百姓。对于这样的人，我们也不要客气，既然已经敌我相向，只要证据确凿，就出雷霆之手，坚决清除害群之马，否则，我们就是当断不断的蜀后主。

互联网是个好东西，他让每个人都成了“自媒体”，但同时也带来了价值引导方面的难题。它的信息量太大了，途径也太多了，孩子们在看，大人们在看，如果不加引导，任由一些别有用心的人在这里横行霸道，无所顾忌，将来后悔的将是我们全民族。美国人一直批评我们管控互联网，在香港发生动乱之时，他们却把脸书上的不同意见账号全部关停，这是一种什么行为呢？这难道不是只许州官放火不许百姓点灯吗？我们有些网民真的太容易上当了，国家国家，先有国后有家，没有国哪有家，连一点感恩的心都没有，别人一煽动，自己首先抖三抖，不被当成砸锅的工具才怪。

这里面还有个用什么眼光看世界的问题，我忘记是谁说的了，大致意思是：如果你用善良的眼光看世界，那这个世界就是善良的，如果你用幽怨的眼光看世界，那这个世界就是幽怨的。其实自疫情发生以来，特别是武汉封城之后，我们国家的效率和能力是显而易见的，期间也发生了很多感人至深的仁爱之事，大家为什么不多关注一下这些凡人善举呢。我举一个例子，武汉金银潭医院有一个护士叫马丹，在听到自己的同事不幸染上新冠病毒之后问父亲，如果我也染上了怎么办？她的父亲说，人一辈子，总要干些有意义的事，这样到年老的时候，回忆起来才没有遗憾。家里的事情你不用管，安心工作，做好防护，等把疫情控制住了抓紧回来。听了这对父女的对话，我感觉中国的老百姓真伟大，他们都是平平凡凡的人，在生死考验来临的时候，没什么豪言壮语，都默默地把自己该担的那份责任，担了起来，他们是最可爱的人，他们是中华民族的脊梁。

说真的，我不是贬低谁，一千次的慷慨激昂，也没有一次脚踏实地重要。少些阴阳怪气的空谈，多些宠辱不惊的前行，就像这次疫情防控中的逆行者，最美的鲜花和赞美，属于他们。有这些舍身忘死的人在，不愁病毒不灭，不愁民族不兴。说多了，写多了，已感觉有点累，该结束了。话题比较敏感，请看到的朋友们不要对号入座，我只是有感而发，不针对任何人和任何事。我只希望我们的祖国，越来越好，这次疫情，能早点结束。

2020年2月16日

（三）还在雾中

一进入庚子鼠年，在新型冠状病毒肺炎疫情的逼迫下，自己真快成了大门不出二门不迈的胆小之鼠。每天早晨醒来，第一件事就是打开手机，查看昨天的疫情报告，然后再煞有介事地分析一下形势，结果越分析越多，越分析越复杂。这不，刚刚又看到一则消息，国家发改委某旧识发的，据《长江日报》载：自即日起，武汉市在前期定点隔离和居家隔离基础上，对全市经发热门诊诊断有肺炎症状的发热病人和新型肺炎病人的密切接触者，由各区安排车辆分别送至区集中隔离观察点，进行医学观察、治疗或采取其它预防措施。具体隔离观察时间根据医学检查结果确定，患者应当予以配合。

这则消息可以说明三点，其一：在今年1月23日采取“封城”措施后，武汉市的防控筛查力度明显加大，确诊病例和疑似病例呈井喷式增长，直到现在也没有出现大家期盼的“拐点”。为确保党中央、国务院的决策部署落实到位，接下来，还将采取更加严厉的管控措施，不达目的绝不罢休。

其二：对新型冠状病毒的认识还在进一步深化中，按以往的理解，有肺炎症状而未确诊为新型冠状病毒肺炎，是可以不集中隔离治疗的，但现在不行了。这说明这种新型病毒非常狡猾，可能有隐蔽的传染性，需要对其进行“全生命周期”的监控。其三，武汉的形势确实非常非常严峻，前一段时间的平稳是貌似平稳，病毒已发现这么长时间了，感染者有多少，接触者有多少，流动性有多强，都难以准确统计，只能像现在这样，一块一块地隔离，一个一个地排除，直到把所有的“漏网之毒”都找出来，都消灭掉，才算万事大吉。所以这不可能是一天两天的事，我们要有打持久战的准备。

不过我们还得给中央的决心和武汉的付出点个赞！没有中央的决心，我们不可能在短短的几天内，建起“雷神”和“火神”，让它们在疫情笼罩下的武汉三镇，发出神一样的电光火石。全国人民也不可能一下子就如临大敌，省市县乡村全部动起来，打一场剿灭病毒的人民战争。没有武汉的付出，其他各省的压力会陡然增大，切断人口的流动性，等于把一块越烧越红的煤块，突然间冷冻了，对全局是好事，对这块煤而言，可能感觉有些冰冷。试想，一个几百万人口的大城市，如果一个小区出现了一个患者，马上就人心惶惶，武汉现在有多少这样的小区，有多少这样的患者，所以大家不要对湖北人特别是武汉人说三道四，他们是做出巨大贡献和无私付出的一个群体。

从今天早上公布的数据看，湖北以外地区的新增疑似病例有趋缓迹象，这是一个好兆头，说明确诊病例的“后备军”在减少。但这绝不是我们放松警惕的理由，我在昨天的一篇博文里写道，疫情发展到这一步，就看谁能熬，谁才能取得最后的胜利。所以大家还要再坚持一段时间，少外出、少应酬、少聚集，多洗手、多注意、多防护，用自己的实际行动，为本次疫情防控做贡献。今天下午，我没事在书房乱翻，竟发现了一本17年前的《非典预防手册》，吴阶平编的，还很新。对于疫情防护，我们是有经验的，当然也有教训，相信历史发展到今天，我们会有更多的能力把这场硬仗打下来。

（四）关于改变

当时我并不知道

我改变不了世界

世界很大，就像头顶的天
指挥着星移斗转

当时我并不知道
我改变不了国家
国家很厚，就像脚下的地
播种着春华秋实

当时我并不知道
我改变不了别人
别人很美，就像怒放的花
守护着万芳争艳

等我老了，半生已过
我才发现首先应该改变的
是我自己，可夕阳
还能留给我多少余晖呢？

我想找个心平气和的日子

与所有无法改变的现实
再谈一谈未来
我们如何共处

这首诗来源于一个外国故事，我好像在很久以前就听过。在英国伦敦泰晤士河北岸，威斯敏斯特大教堂内，树立着一座无名墓碑，上面刻着一段发人深省的文字：When I was young and free and my imagination had no limits, I dreamed of changing the world. As I grew older and wiser，I discovered the world would not change, so I shortened my sights somewhat and decided to change only my country. But it, too, seemed im-movable. As I grew into my twilight years, in one last desperate attempt, I settled for changing only my family, those closest to me, but alas, they would have none of it. And now, as I lie on my death bed, I suddenly realize: If I had only changed myself first, then by example I would have changed my family. From their inspiration and encouragement, I would then have been able to better my country, and who knows, I may have even changed the world.

翻译的版本有很多，我最喜欢的是这一段：当我年轻的时候，我雄心勃勃，想要改变这个世界；可是当我历经了世事的沧桑后，我发现我根本不能改变这个世界，于是我将目光放短了些，决定只改变我的国家；可是当我进入晚年后，我发现我根本不能改变我的国家，于是我决定只改变我的家庭和我最亲近的人。但遗憾的是，他们根本不接受我的改变；等我到了风烛残年、即将奔赴黄泉之时，我才幡然醒悟，如果当初我先改变自己，也许在我的影响之下，我就能改变我的家人，然后，在家人的鼓励和帮助下，说不定我就能改变我的国家。然后，谁又知道呢？也许我连整个世界都改变了。

据说年轻的曼德拉在看到这篇碑文后，顿有醍醐灌顶之感，声称自己从中找到了改变南非甚至整个世界的金钥匙。回到祖国后，他一下子改变了自己的思想和处世风格，所有事情都先从自己开始，历经几十年，终于改变了他的国家。其实这段碑文的可贵之处，就在于提醒大家不要好高骛远，凡事要从一点一滴做起，大处着眼，小处着手，星星之火，终可燎原。从总体上看，它还是比较励志的，其最终目标一直没有动摇，只是强调途径要更加合理科学。

可我的关注点却在于，如果能够改变，那当然好了，万一改变不了呢，生活还得继续，那怎样和谐共生就是一个问题了。这在我的小诗《改变》之末尾有非常直白的体现：我想找个心平气和的日子 // 与所有无法改变的现实 // 再谈一谈未来 // 我们如何共处。听起来好像有点站位不高，其实也不尽然，明朝的冯梦龙在《醒世恒言》中写过这样一句话：不如意事常八九，可与人言无二三。世界、国家、家庭，也包括我们自己，哪一个是好改变的呢？只要有点社会阅历的人，都能说出一大堆感悟。曼德拉只有一个，如果我没有记错的话，他曾在铁窗里待了数十载，他实现了照亮历史的改变，他也承受了常人无法承受的苦难。那些改变过历史的人，都被写进了史书，大家称其为伟人。但绝大多数，如我，还是平民百姓，改变不了的现实，在眼前堆积如山。

其实我写这首诗，以及在后面又加上一大堆赘述，就是想表达一个观点，当“改变”这个理想无法实现时，还得学会与无法改变的现实，和谐共生，理解万岁。记得季羡林老先生曾经说过这样的话：我们讲和谐，不仅要人与人和谐，人与自然和谐，还要人内心和谐。对大多数老百姓来说，其中最关键的，就是要实现人与自己内心的和谐。说得再直白点儿，就是在改变不了环境或者他人的时候，要学会改变自己，主动适应这个环境，否则，就是自己跟自己找别扭。

话题又扯远了，我这个人就是这样，总是说些不着边际的话。最近我们中国遇到了一些麻烦，前有新型冠状病毒肺炎疫情肆虐，后有部分西方国家落井下石，中间还夹杂着一些内鬼煽风点火，这些问题都需要积极面对。多难兴邦，遇事不要急，破解这些难题的关键点还是做好我们自己的事，一件一件的来，一样一样的改变，最后总能看到春暖花开。从这几天公布的数据看，非湖北地区的确诊病例已实现“五连降”，这是一个非常好的信号，说明这些地区的防控措施正在起作用，接下来继续坚持就好了。湖北地区呈局部爆发状态，现在是最难的时候，必须再加一把劲儿，我相信近日内也会有所好转。

历经两周多的隔离管控，可能有很多人已经不耐烦了，盼望着疫情马上结束。但事情的发展是有规律的，它不会无缘无故地来，也不会急刹车似地走，所以大家还得再坚持一段时间。春光无限美，等形势发生彻底的转变，有足够的时间和美景，供你去欣赏。我们期待着，我们参与着，管好自己，改变自己，做一个遵纪守法的合格公民。

2020 年 2 月 10 日

（五）也不要过度炒作

2020年2月7日，武汉采取封城措施后的第16天，全国新型冠状病毒感染肺炎疫情形势依然不容乐观，相较前一天，确诊病例增加3151例，疑似病例增加4833例。从总体上看，新增数量虽有所趋缓，但疫情仍处于高位相持阶段，特别是武汉市，整体向好的拐点预期还看不出。越是在这种时候，越需要全体国人万众一心，按照中央防控疫情领导小组的要求，各负其责，抓细落实，坚决打赢这场疫情防控战。

可今天网络空间的主角，却是因新冠肺炎病逝的武汉市中心医院医生李文亮，一石激情千层浪，铺天盖地的悼念声，就像八月中秋的海潮，一浪高过一浪。有的祈祷、有的撰文、有的献花，有的骂娘、有的质疑、有的分析……看那热闹劲儿，好像马上就有大事件发生。就连中央纪委国家监委也在网站上发布消息予以回应：经中央批准，国家监察委员会决定派出调查组赴湖北省武汉市，就群众反映的涉及李文亮医生的有关问题作全面调查。

一名普普通通的医护人员病逝，为何会引起这么大的关注，其症结点还在这场肆虐全国的疫情。奇怪病例刚刚出现时，李文亮曾在微信群提醒身边亲友提防，而此举却遭到当地公安部门的训诫。事后的疫情发展形势证明，李文亮的预见是对的，如果当时马上采取有效防范措施，情况不会发展到如今这么糟，损失也不会像现在这么大。说到底，还是老百姓对武汉市党政部门有气，怪他们当时没有足够的警觉性，把专业人员的预判当耳旁风，最后却让全国人民跟着受罪。

情节并不复杂，过程也很简单。一根祭奠逝者的蜡烛，却变成了炙烤过程的大火。回顾这个过程，武汉市有关部门的反应确实有点迟钝，老百姓的“气点”在哪，你们是心知肚明的，为什么不出来回应一下呢，哪怕是说几句让大家顺顺气的话也好呀，道一声歉难道就这样难吗。现在中央纪委国家监委的反应都来了，可这个问题的当事部门，无论大的还是小的，依然默不作声，这只能催生更多的猜疑和不解。很可能，这里面有一些难言之隐，但丑媳妇总得见公婆，瞒得了初一，瞒不了十五，该谁负的责，总会水落石出，早有结果比晚有结果要好。

当然，那些情绪激动的网民也要收敛一下，是什么事就是什么事，不要无限上纲上线，就是一件普通的治安案件，不涉及阶级立场，不存在天大的阴谋。比如今天我在网上，就看到很多情绪化言辞，有的甚至把这件事和国家治理体制以及民族文化历史联系起来，说一些数典忘祖的混账话，这就有点过了。直到目前，虽然一些地区和部门在初期反映有些迟钝，甚至造成了无可挽回的损失，但 1 月 23 日之后，全党全国的决心是坚定的，措施是过硬的，效果也是明显的，只要不带任何偏见，就会认可中国的反应速度和应急举措。

说话也好，办事也好，大到治国理政，小至家长里短，最关键的就是要坚持理性和公正。对于这个新型病毒，我们的了解依然相对较少，包括疫情来源、自然宿主、传染性等，很多问题还没有找出答案。现在最最重要的问题，是先把疫情控制住，不要让一些其他事情把我们的节奏打乱。对于老百姓的怨气，各级党政官员要给予充分理解，突然降临的灾难，肯定会带来很多不适应，发点牢骚也无可厚非。对于各级党政部门的工作，大家也要多多支持，这是一个很疲惫的群体，做好了那是你应该干的，稍有偏差马上会带来口诛笔伐，每个成熟的社会都离不开公职人员，对他们也要有足够的理解和支持。

李文亮医生是一个境界很高的人，他在自己的微信里曾说："好了就上一线，疫情还在扩散，不想当逃兵。"虽然最后的结局让大家很痛心，但我们会一直赞颂其生前的付出，并把他敢说真话、甘于奉献、乐观向上的精神，一代代地传承下去，为子孙后代造福。对这种向死而生、勇往直前的医者大爱，除了深深的缅怀、深深的悼念、深深的致敬，我们别无选择。同时，我们也要记住，不要过度消费一个医者的逝去，现在我们最需要的，是精诚团结，共克时艰，尽快恢复正常的生产生活秩序，我相信李文亮医生在天有灵，也会支持这个倡议。

2020 年 2 月 7 日

（六）疫中断想

今日雨水，是中国传统二十四节气的第二个节气。《月令七十二候集解》是这样说的："正月中，天一生水。春始属木，然生木者必水也，故立春后继之雨水。且东风既解冻，则散而为雨矣。"从雨水节气开始，气象意义上的春天就正式到来了，但庚子鼠年老百姓心中的春天，还在每日疫情通报上苦苦挣扎。在我的记忆中，今年的春天是最不像春天的春天了，为什么这样说，大家都有切肤之痛。一场新冠病毒引发的肺炎疫情，让全中国人民都进入了暂停模式，好像诗人木心有一首诗，叫《从前慢》：“记得早先少年时，大家诚诚恳恳，说一句是一句，清早上火车站，长街黑暗无行人。”我曾无数次羡慕他那无所事事的慢生活，但今天再读起来，却有种想撒腿就跑的感觉。

但是也没有办法，临危受命的武汉新市委书记王忠林对封控在家的市民们说：“待在家里，静下心来，是为了今后更健康、愉快的生活。”哪也不让去，吃了睡睡了吃的生活，肯定是不舒服的，但要想尽快结束这种生活，就必须接受眼下的生活。眼下的生活，除了封控的紧张之外，也可以搞点闲里偷忙的小插曲。比如读书，最近，我就在书架上翻出了一本三联书店的书，叫《晨昏断想录》，什么时候买的已记不清了，本来我有在藏书上标记购买时间的习惯，但不知什么原因这本书的扉页却光洁如初，看来这是条“漏网之鱼”。

书的作者叫洁泯，原名许觉民，是一位老革命，江苏苏州人。1921年12月出生，1937年在上海生活书店参加工作，同时参加陶行知、邹韬奋等领导的上海职业界救国会，进行抗日救亡等地下活动。建国后历任上海三联书店副经理、北京人民文学出版社副社长、中国社会科学院文学研究所所长等职。在“反右”和“文革”中受尽磨难，平反后又重新参加革命工作。晚年疾病缠身但乐观豁达，在孤寂和病痛中笔耕不辍，代表作有《人生的道路》《洁泯文学评论选》《风雨故旧录》等。2006 年 11 月 13 日在北京协和医院逝世，享年 85 岁。

我查了一下这本书的出版时间，是 2006 年 4 月，也就是说在此书面世半年多后，他老人家就离开了我们。此前，我对许觉民先生并不了解，因为那天闲得无聊，就跑到书房去找书，先找了一本美籍华人作家写的散文集，书名也有个“晨”字，就拿出来翻阅，但怎么看也看不进去，味同嚼蜡。后来又跑回去换，就在同一个格子里把这本《晨昏断想录》给找到了，翻看几页之后便有种相见恨晚的感觉，于是直接拿到枕边，“升格”为“近臣”（因为我有个爱好，凡是喜欢的书，就放到卧室的床头柜上，以方便随时看随时拿）。这就是大浪淘沙，好的东西是埋没不了的，不好的东西再怎么包装，也难登大雅之堂，时间是最好的过滤器。我想这次抗击疫情也差不多，没事的时候看谁当那个官都差不多，一旦风云突起，谁是良臣猛将，谁在纸上谈兵，就一目了然了，从这个角度看，坏事也还变成了好事。

在我看来，许觉民先生的这本《晨昏断想录》有点像回忆录。我很喜欢看一些德高望重者的回忆文章，因为这些人经历丰富，而且大多事业有成，在他们的职业生涯中，有成功的经验，也有失败的教训，退休以后再反思这些东西，心境也放开了，顾虑也少多了，读者如果用心体会，收获是很大的。就说本书的作者吧，他经历过民国时期，经历过新中国成立，经历过“反右”和“文革”，经历过改革开放，经历过退隐岁月。在他漫长的人生旅途中，有过春风得意的时候，有过挨批被斗的惨痛，有过生离死别的痛楚，冯雪峰、陈荒煤、张光年、韦君宜、秦牧、卞之琳等听起来如雷贯耳的名字，都曾是他朝夕共处的同事。以他这样的人生阅历，对往事都不用太多的加工，随随便便地说出来，就是珍贵的历史资料。更何况，许觉民先生的文笔，又是那样的高深老辣，不看真是一个损失。

所以我读许觉民先生的书，一半是跟着他回忆那些不为人知的历史，一半是体会他高雅而真诚的灵魂。比如他在退休之后写的《独处之乐》一文，就有很多振聋发聩的话，如："世人以为独处是一种孤寂落寞的处境，其实不然。独处乃人的生活中必须分割出的一块自由天地，你倘若整日价在人来人往中周旋，就会由厌烦而感到负担，此时的独处之境适足以成为合乎情绪平衡的自我调节。尤其是在晚上，万籁俱静，四壁阒然，于斗室中徘徊静坐，此时，思绪由纷至沓来而逐渐平静如镜，心田中溢出一片由宁静而生的乐趣，此乐趣是足以悦我心，乃乐趣中之最。"还如："我总以为，老年人的心态总以豁达为主，人非木石，你接触到事情而无动于衷是做不到的，然而何必忧心于胸，何必介意于怀？豁达而恝然置之可也。"我们每个人，都有年老的时候，都会归隐回家，这是自然规律，谁也回避不了。但怎样看待突然退下来的生活，那就心态各异了，我感觉许觉民先生处理得很好，这源于他的睿智，也源于他的豁达，我辈不才，应奉为榜样。

在《晨昏断想录》中，我还看到一篇文章，叫《对世纪痛苦的理解与自白》，许觉民先生在文中提到：我生平最受益的是两部书。一是鲁迅的书，主要是杂文不是小说，不只是欣赏他的文笔，重要的是探求他对问题如何深入寻索的方法与文章笔力，更甚于此的是他文章中透示的独到的思想力，最使人受益。另一部书是《红楼梦》，要在写作的文字上有所上进，取法乎上之道，多读《红楼梦》是一个途径。我对许觉民先生的这个观点印象深刻，也向朋友们强烈推荐，鲁迅之伟大之处，核心在独到的思想力。《红楼梦》的经典价值，在于其几乎完美无缺，无论是文学价值还是社会价值，翻遍古今均无人望其项背。这样的经典不读，读什么呢，当天晚上，我就把《红楼梦》三册本和《鲁迅全集》之第四册放到了床头上，只可惜到现在还一页未看。

古人讲开卷有益，但我还是认为开什么样的卷是不一样的，现在各种出版物汗牛充栋，良莠不齐，许觉民先生的《晨昏断想录》是个不错的选择。但是，对于正在长知识的孩子们，我还是建议多读《红楼梦》《随想录》《战争与和平》和《鲁迅全集》等经典名篇，经典就是经典，经过了时间和历史的考验，靠谱！行文至此，我在手机上看到一个不幸的消息，武昌医院院长刘智明因感染新冠病毒，经医治无效去世，他在生前曾拒绝同在抗疫前线的妻子前往陪同。面对拉着刘院长遗体离去的灵车，他的妻子放声痛哭，撕肝裂肺，其情其景让人禁不住泪奔。此时此刻，我真想双手合十，祈祷疫情快一点结束，这样的人间悲剧不要再上演了，英雄的武汉人民，需要春日暖阳的安慰。在此，谨向远赴天国的刘院长致以最崇高的敬意，向他背山前行的妻子表示最诚挚的慰问，遥望夜空，除了这些，我们还能做什么呢。

最后，我想提一个建议，等这次疫情结束后，中央有关部门和湖北省以及武汉市要好好总结一下，针对这样突如其来的人间横祸，我们到底应该怎样做，才能把损失控制到最小范围。像刘智明院长这样的医护工作者们，在这次疫情防控中做出了巨大牺牲，他们的血不能白流，他们应该得到战时的奖励，痛定要思痛，防止痛再生。中央广播电视总台不是每年都搞“感动中国”人物评选吗，希望今年，把疫情防控中的医护工作者群体作为第一人选。一个文明的社会，不会也不能忘记舍生忘死的奉献者，向他们致敬，为他们祈福。

2020 年 2 月 19 日深夜

（七）从美国股市说起

对美国总统特朗普来说，2020 年 3 月 10 日，注定会成为一个绕不开的人生节点。在这一天，他尝到了一枚坚硬而

苦涩的果实 -- 美股暴跌。跌到什么程度呢？三大股指跌幅全部超过 7%，美股曾一度熔断，最大跌幅一度超过 8%。不要忘了，这还是在前些天已经大跌的基础上发生的，如果从今年 2 月 12 日回光返照的时候算起，最大跌幅已经达到了 20%。已经连续风光十多年的美国牛市，是否就此告别华尔街，我的感觉是山雨欲来，那头饥肠辘辘的熊，已经下山了。我说这话，绝不是火上浇油，其实就在前几天，美联储罕见地大幅降息 50 个基点，远远地吹响了救火哨，这就是一个信号，那些人是很聪明的，如果没有闻到熊味儿，怎会匆忙下此猛药。其实这次美国股市暴跌，原因是深层次的，而且是多年累积的，比如尽人皆知的泡沫经济，比如日渐抬头的单边主义，比如暗流涌动的逆全球化，比如尾大不掉的军费开支，病根早已形成，调整只是个时间的事儿，但最后把炸弹引爆的，还与另外一只熊有关。

为了维护自己在世界石油供应体系中的份额，沙特在此前召开的 OPEC 会议上，呼吁俄罗斯在今年二季度额外增加减产规模，而俄罗斯则坚持现在的减产协议。沙特认为这样有损自己的长远经济利益，所以上周六采取破罐子破摔的办法，直接大幅降低石油价格，并计划在 4 月份增产 30

万桶石油。为了起到打压市场的目的，沙特还威胁未来将产能增加到1200万桶每天。这样在短期内大幅增加供给预期，使石油价格产生了雪崩，继而引发全球股市雪崩。在本轮俄沙石油斗法中，双方都会遭受很大损失，但损失最大的，却是身在局外的美国，除了很可能把股市拖进熊市之外，还直接打击了美国方兴未艾的页岩油开采，这可是美国石油大亨们的希望所在，也是美国想延续石油美元的根本抓手。对于这一点，俄罗斯和沙特都心知肚明，他们在表面上疯狂互撕，但在深层的战略层面，还有一定的同向默契。看来这一轮美国股市波动，明着是挨了一枪，如果掀开背后的衣服，还能发现那里也插着一把刀。

记得特朗普在2015年曾经说过：如果有一天道琼斯指数单日下跌超过1000点，那么时任美国总统就应该被装进加农炮，以极快的速度射向太阳，不能有任何借口。让人忍俊不禁的是，3月10日这一天，美国道琼斯指数下跌1190.95点，所以特朗普的这个夜晚，肯定是在炮声隆隆中度过的。他翻遍手中的牌，好像没有几张可用的，就这样任命吧，也不符合他的风格，他只能咬牙切齿地，想把俄罗斯这头北极熊和沙特这个不听话的小老弟，狠狠地揍上一顿。

在我修改这篇文章的时候，美股新的一天已经开市，据说反弹强劲，有可能再拉回1000点，我一点都不怀疑这个结果。走过百年风雨的美国股市，起起落落阴晴转换是很正常的，但这一轮周期，不会因为几次艳阳天就改变其逐渐下行的大势，对此，各方应有充分的心理准备。举个例子吧，狼来了，叼走了两只羊，主人发现后出门去追，抢回来一只羊，但狼并没有被消灭。谁又能知道，已成惊弓之鸟的主人，会不会在深更半夜，再次听到可怕的敲门声。

就算特朗普狠狠心，咬紧牙关把这枚苦果吞下，其实他的心情也好不到哪去。逐渐蔓延的新冠疫情，已成为2020年世界经济的最大变量，中国付出惨痛代价，才刚把新增确诊病例压减到两位数，虽然曙光已经出现，但境外输入的压力又陡然增加，可谓一波未平一波又起，接下来恢复生产和疫情控制任务都很艰巨，这让我想起了一句话，没有谁是容易的，大家都在负重前行。意大利、伊朗、韩国的感染人数像比赛一样往上窜，意大利已经开始全境封城，据说有些地区还出现了骚乱行为，形势非常严峻。欧盟、日本、中东的形势也不容乐观，稍不留神就会成为第2个韩国或意大利。美国呢？从一开始的隔岸观火，甚至有点幸灾乐祸，到现在的阴云密布，有十几个州已宣布了紧急状态，确诊病例超过1000例，接下来的防控形势，一点都不乐观。更让特朗普闹心的是，一旦疫情风云突变，他的总统连任选举也会成为池鱼，杀红了眼的民主党，能放过这个“天赐良机”吗？

可能有人会问，世界之大，3月10日肯定发生了很多事，为什么非要把美国单拉出来谈一谈呢，原因有二。其一，美国是当今世界最强大的国家，没有之一，这必须承认。它的政治、经济、军事、外交等活动，具有全球影响力，相较而言，我们还是弱方，不关注有点行不通。其二，近年来，特别是特朗普上任以来，部分美国政客对华不太友好，积极推行遏制中国政策，即便在疫情爆发期间，也忘不了落井下石。我认为这是一种心虚的表现，担心自己老大的位置发生动摇，就对潜在竞争者百般刁难，有些言行实在不像大国之所为。

美国的世界老大地位不是一天两天形成的，当然也不会在一年两年内失去，没必要这么心急火燎的。我个人的观点是，美国国力和地位的快速坍塌，对世界不一定是好事，其中也包括中国，所以美国也犯不着打开大灯防范中国。但美国同时也要看到，世界多极化的趋势不可避免，一呼百应或一手遮天的时代早已过去。如果还有人躺在曾经的霸业中不愿醒来，那我们也没有办法，因为你永远都叫不醒一个装睡的人。对中国人民而言，无论外界的形势如何变化，最关键的还是做好自己的事，不折腾，不上当，集中精力，埋头苦干，谁也奈何不了我们。历史已无数次证明，最大的魔鬼在心中，最强的敌人是自己，切记！切记！

2020 年 3 月 11 日

（八）看 3 月 25 日疫情通报有感

晨起，窗外一片银装素裹，昨夜降下的雪，把古城拉萨，又带进了童话世界。可我却没有心情凭栏远眺，美景如斯，还是留给有雅兴的人去消费吧。我照例打开“学习强国”，一边听新闻一边洗漱，两个多月来，起床后先搜《疫情通报》，已成为我雷打不动的新习惯，看来习俗之改变，也不像传说的那般不易。今天是 3 月 24 日，春分都过去 5 天了，高原三月，还在苦苦地等着隔岁的新绿。因为新冠肺炎疫情的影响，这个慢慢醒来的春季，总是让人感觉，自己与快乐之间，隔着一片灰色的磨砂玻璃。

前一段时间，也就是国内疫情比较严重的时候，我一直在写《疫中随想》，用文字记录的方式，希望这段不快乐的时光赶紧过去，让每个人的生活尽快回到原点。说句心里话，因为经历过 17 年前的“非典”，对国家控制疫情的能力还是蛮有信心的。我们看今天发布的数据，经过国人两个多月的努力，31 个省市自治区和新疆生产建设兵团报告新增确诊病例 78 例，其中境外输入 74 例，现有确诊病例仅剩 4735 例。可以这样说，中国的本土疫情传播已基本阻断，只要我们防住境外输入这个口子，取得最后的胜利只是个时间问题。

让我万万没有想到的是，近两个星期来，中国以外的疫情，却像洪水猛兽一样蔓延开来。据美国约翰斯·霍普金斯大学发布的统计数据，截至北京时间 24 日 5 时 10 分，全球新冠肺炎确诊病例超过 37 万，死亡超过 1.6 万，几乎所有国家都出现了疫情。欧洲的“重灾区”意大利累计确诊病例达到 63927 例，累计死亡病例达到 6077 例，跃居世界第 1 位。特朗普治下的美国累计确诊病例达到 46332 例，在世界排名升至第 3 位，累计死亡病例达到 610 例，是近日疫情增长最快的国家。西班牙、德国累计确诊病例超过 3 万例，伊朗、法国累计确诊病例超过 2 万例。截至此稿写就，全球确诊病例已突破40万例，遍及10多个国家和地区。

世界卫生组织总干事谭德赛前天在新闻通报会上说：世卫组织已接到世界各国及地区报告的新冠肺炎病例30多万例。分析全球疫情发生以来的走势，从第1个报告病例到第1个10万病例用了67天，到第2个10万病例用了11天，到第3个10万病例只用了4天，全球新冠肺炎大流行趋势正在加速。这些张着血盆大嘴的数据会不会呈几何式增长，我的预计一点都不乐观，在没有特效药和疫苗接种的情况下，除非气温升高能对病毒活性起到遏制作用，否则，我们只能和病毒打一场见不着面的“持久战”。因为能像武汉一样，按下暂停键，自我封闭两个多月，生生把病毒饿死的城市，放眼全世界，有几个能做到呢？或者说有几个愿意这样做呢？

比如美国，世界上最强大的国家，如果集中精力、破釜沉舟、决一死战，以他们的能力和实力，控制疫情蔓延不会有任何问题，我估计没有谁会怀疑这一点。问题的关键在于，这些在两次世界大战胜利光环下长大的宠儿们，那无处不在的自信心，那与生俱来的优越感，能否接受闭门不出的暂停考验。记得疫情在中国刚刚起势的时候，有些美国政客还有点幸灾乐祸，2月2日就宣布全面禁止过去14天到访过中国的外国人入境，那时候美国全境公布的确诊病例还只有10余例，中国人想传染给他们都不好找机会，美国人自己想把疫情搞大也得费点周折。就是这样一付好牌，50多天后的今天，美国的确诊病例竟然激增到5.3万，我数学不好，算不出增长率有多高，但出现这样的失速局面，实在让人理解不了。

据说特朗普和蓬佩奥，两人最近“心有灵犀一点通”，都把美国疫情失控的原因归结为中国没有及时公布数据，而且还无礼地称新冠病毒为“中国病毒”，这个推理能够成立吗？按说白宫的智囊团也是很厉害的，让自己的领导人说出这种不着边际的话，这是哪门子独家绝技呢？真的有点看不懂！我们可以回望一下美国2月2日的疫情数据和对华禁令，两相对照，稍加分析，就可以得出结论，导致美国疫情暴涨的原因，无非只有两个：其一，特朗普政府浪费了50多天的大好时机，忙选举、忙救市、忙抹黑、忙遏制……就是没忙疫情防控。我认为特朗普政府不是意识不到，他们在当时开始了一场豪赌，如果能把疫情压在中国境内，既可以借机冲垮中国经济，又可以节省大笔资金，促进本国制造业回流，中消美长，他们将是全世界最大的赢家。

可现实却超乎所有人的想象，仅两个多月的时间，中国已基本走出疫情泥潭，美国却在泥潭中越陷越深，本想省下的钱不但没有省下，接下来投入可能更大。屋漏偏逢连夜雨，股市又连续数次熔断，虽然昨天在“猛药”的刺激下又巨幅反弹，可一个健康的经济体或经济环境，怎能像猴子似的上串下跳呢，这些都是美国政府极不愿看到的事儿，他们的豪赌，很可能血本无归。中国有句古话：周郎妙计安天下，赔了夫人又折兵。不知白宫的那些大人物们，如果看到这句谚语，会有什么感想。当别人受难的时候，不要幸灾乐祸，更不要落井下石，地球是圆的，谁知道哪一天，灾难会循着冷笑的方向，忽地转身，猛扑过来。我写下这段话，想给攻击抹黑中国的美国政客听，也想给那些不会思考只会起哄的中国网民听。

如果美国政府不承认第一种原因，认为特朗普总统已经尽力了，没有耽误防控时间，那么导致美国疫情暴涨的原因，就只能是统计数据的问题了。说白了，就是疫情早已流行，但相关部门没有测试、没有统计、没有公布，现在一开始规范操作，“存量”集中爆发，“旧账”后来翻出。对于去年横扫美国的流感风暴，早就有人提出各种猜测，但始终没有一个官方的权威说法，我估计，这个回应永远都等不到，因为不论调查结果怎样，“帐”都得算在特朗普总统身上，就算他拼了老命，往奥巴马身上推，往中国人身上推，都没有意义了，感染者心头的痛，无药可医。

话题再回到我们中国身上来，好像形势确实不像以前那么紧张了，全国大部分地区已经放开商务活动，复工复产也在有序推进，我们朝思梦想的正常生活已经等在门口。前几天，我还看到一则消息，某地搞酒驾夜查，一下子就逮到上千人。这是一个值得注意的信号，封闭了这么久，老百姓的心中积累了太多的热情，一下子释放出来，容易燎着自己。更何况，我们还远未到黄钟大吕之时，境外输入压力持续增加，确诊病例尚有数千在床，稍不留神，用生命和汗水换来的大好防控形势就会毁于一旦，倘如是，我们将成为历史的罪人。

现在有很多国内的自媒体，总是喜欢攻击国外的防控措施，动不动就和中国和武汉比一比，特别是那些标题党们，讨厌得很。说轻点儿，是老子天下第一的劲儿又回来了，往重了说，就是一付小人得志的嘴脸，对国家和民族一点好处都没有。在困难面前，人类要团结起来，否则，病毒就会找到机会。地球是个大村庄，我们谁也离不开谁，谁也代替不了谁，每个国家都有自己的国情，都有自己的风俗习惯，不要非说谁对谁错，谁好谁坏，尊重一下别人的选择不好吗！帮助过我们的，要知道感恩，投我以木桃，报之以琼瑶。需要我们帮助的，在力所能及的范围内，尽量伸出援手。平时也没啥交往的，想帮就帮，不想帮也别说怪话，做个人畜无害的旁观者。

最后，我还想谈一谈科技攻关的问题。老祖宗说得好：工欲善其事，必先利其器。中国现在取得的新冠疫情防控成绩，是靠中央的决心、人民的团结、国家的强大和财力的付出取得的，其根本方法还是比较原始的“困”，警惕性一降低就会死灰复燃。要想取得一劳永逸的成果，必须解决好手中有“枪”的问题，即确保我们随时能够灭掉病毒。怎么去灭呢？一要集中精力研发疫苗，把进口堵住，筑起防火墙。二要全力以赴研发药物，可有效治愈，把出口打开。只有手握这两件法宝，我们才算有了底气，才能扬眉吐气地说，新冠病毒，你服不服！

2020年3月25日

2022年西藏自治区文艺创作扶持项目

图书在版编目（CIP）数据

非是藉秋风 / 曹杰锋著. -- 拉萨 : 西藏人民出版社, 2023.9

ISBN 978-7-223-07422-3

Ⅰ. ①非… Ⅱ. ①曹… Ⅲ. ①诗集—中国—当代 Ⅳ. ①I227

中国国家版本馆CIP数据核字（2023）第091943号

非是藉秋风

作　　者	曹杰锋
责任编辑	王剑箫
封面设计	振　宇
出版发行	西藏人民出版社（拉萨市林廓北路20号）
印　　刷	西藏福利印刷厂
开　　本	787×960　1/16
印　　张	27.875
字　　数	150千
版　　次	2023年9月第1版
印　　次	2023年9月第1次印刷
印　　数	01-1,000（精装）
书　　号	ISBN 978-7-223-07422-3
定　　价	96.00元